自由在风里
故事在路上

管其冲 著

中国民族文化出版社

北 京

图书在版编目（CIP）数据

自由在风里，故事在路上 / 管其冲著 . -- 北京：中国民族文化出版社有限公司 , 2023.8
ISBN 978-7-5122-1753-9

Ⅰ.①自… Ⅱ.①管… Ⅲ.①短篇小说—小说集—中国—当代 Ⅳ.① I247.7

中国国家版本馆 CIP 数据核字 (2023) 第 160292 号

自由在风里，故事在路上
ZIYOU ZAI FENG LI，GUSHI ZAI LUSHANG

作　　者　管其冲
责任编辑　张　宇
责任校对　李文学
出 版 者　中国民族文化出版社　地址：北京市东城区和平里北街 14 号
　　　　　邮编：100013　联系电话：010-84250639　64211754（传真）
印　　装　四川科德彩色数码科技有限公司
开　　本　889mm×1194mm　32 开
印　　张　6.75
字　　数　169 千
版　　次　2023 年 8 月第 1 版第 1 次印刷
标准书号　ISBN 978-7-5122-1753-9
定　　价　79.00 元

目录 CONTENTS

爱意盛在银河里 ···001

那时候的相逢，就像初见西塘一样 ···015

待我荣归故里，也向你行个军礼 ···029

将温暖留在心里，给爱一个台阶 ···050

谢谢你……林夕！ ···070

花落　花开 ···091

当我遇见你，我会鼓起勇气告白 ···106

牵手、揣兜 ···125

一厢同眠 ···137

唯有见你是青山 ···159

我的疯丫头 ···180

爱意盛在银河里

一

人活一世逃不脱个"情"字。外公说这话的时候,我还很小,穿着开裆裤追鸡撵狗,常搓泥巴玩,脸上、身子糊弄得全是,压根听不懂什么情、什么爱。

再大一些了,我只知道外公的个子很高,是院子里小伙伴的爷爷、外公中最高的,高到来学校看我,那个班主任还需要拿水桶垫脚才能观察我们上课情况的窗户,他轻易地走过来,整个脑袋都能被我透过窗看到。他是个瘦瘦的、看起来很有文人风骨的瘦老头,跟他的职业看起来毫不相关。总有同学惊呼:"天啦,这是谁的爷爷?好高哦!"而这时我都会装作不经意又难掩嘚瑟地说:"是我的,是我的。"也不知道到底是哪一条值得炫耀了,骄傲来得莫名其妙。

再大一些了,我就知道外公的年纪很大,是小伙伴的爷爷、外公中最大的,大到偶尔跟同学聊天,我的外公能比她的爷爷大一轮多！人家通常还会接着问："那你外婆多大呀？"对比发现同学的外婆年龄又都差不多大，原来外公比外婆大了 14 岁啊，真牛！

随着我年岁的增长，我才越来越理解这 14 岁到底意味着什么。在那个年代，"老夫少妻"并不是什么值得推崇的事，也许在一定程度上意味着浪漫，但更多情况下是一种被审视与难堪。

二

后来外公病得突然，母亲来电说："外公病了，很严重。"

当时我正在实习，从学校到社会的"规则"转变每天都让我手忙脚乱，对于母亲的话并没有上心，我边翻开一个新文件夹，边说："那我待会儿给外公打个电话……"

"你直接请假回来，先请一周。"母亲强硬地打断了我的话，还没等我回答，母亲又补充，"现在去跟你们老板请假，外公这次病得很严重，可能挺不过去了，要是请不了假，就直接辞职……"说到最后，母亲已经带上了哭腔。

回程的路不长，我心里酸涩异常，好像又回到了少年时的乡下，在河里摸鱼忘了时间，天黑了才知道害怕。等外公找过来时，我竟还委屈地哭了，外公把我一把架到头顶，笑着骂我："别哭了，回家还有外婆的一顿藤条要吃呢！"我又惊又恐，哭得更大声了，混着外公低沉的笑声，在无尽的黑夜里蔓延。

到医院的时候，外公已经过了危险期，还能冲我笑。他微微翕动的嘴唇显得苍白而无血，一股挥之不去的消毒水味直扑口鼻，滴滴滴的医用设备的声音直冲耳朵。其实医院里声音已经十分嘈杂，时不时夹杂着孩童的哭泣，家属询问病情的麻木和痛苦压抑的抽泣。我看着病床上的外公，身体仿佛已经感受到了疼痛。

我只在医院陪了三天，之后外公病情好转，母亲让我和大哥都回去上班。走时外公已能被扶着坐起，叮嘱我俩好好工作之后，他的胸膛起伏不定，喘息声断断续续，突然又急促了起来。

母亲扶着外公对我和大哥说："走吧，外公累了，要休息了。"

父亲手拍着我的肩膀说："跟外公大声说好好养身体，我们就走了。"

大哥很快跟外公说完了，但我的嗓子像被棉花堵住了，很难受，一个字也吐不出来，只剩心酸。我握着外公的手说不出话，外公真的老了，皱皱巴巴的皮包裹着弯曲变形的手指，手心的纹路深刻又杂乱，好像岁月已经蜿蜒而过，留下了密密麻麻的伤痕。

我说不出话，不敢相信寒假回家还在陪我打扑克的高老头，突然就倒下了。我的巨人倒下了，我不想躲开也躲不开，宁愿被砸得遍体鳞伤。

父亲推着我："好了，走了，走了，让外公休息吧。"

病房很大，我掩面走出，这一层都是重病患者的房间，每个房间都充满了沉重的气息，暴雨倾盆，窗外哗哗作响的雨声又让这条走廊显得更加悠长和绝望，透过那些惨白的灯光，我看见了父亲和大哥脸上的痛苦，还有他们眼里的我，那么悲哀的痛苦。

回单位的高铁上收到了母亲的短信，字少，但透出的信息太重，压得我在车上喘不过气——

"最近把工作安排好，随时准备回来送外公。"

一周之后，我接到了那个我害怕，但是好像已经被上了倒计时、一定会响起的电话。赶到殡仪馆的时候，我的母亲哭得十分凄惨，一直抱着我说："我没有爸爸了，妈妈没有爸爸了——"

夕阳渐渐要落山了，它的光线照着静静躺在那里的我的外公，显现出一种凄凉的红黄色。我的视线也越来越模糊，只觉得喉咙哽咽，嘴唇哆嗦，泪水滂沱而下。

早已经不允许土葬了，外公在殡仪馆待到第二天才能出殡。水晶棺被抬出大门，众人一下全扑上去，用手抚摸着，拍打着，围着棺木长长地哀号起来。弟弟妹妹们呜咽着，母亲和小姨哭得声嘶力竭，哭得站不起身，整个人都蜷缩在一起，仿佛想要缩成小小的一团，重新找到父亲的庇佑。哭到最后，眼泪已经流不出来了，用上了全身的力气，只有一阵一阵的颤抖。

舅舅痛苦的一声"父亲，你走好"，再一次像放炮似的，点燃了轰轰隆隆、排山倒海的哭声。泪水迷蒙了眼，哭声嘶哑了喉咙，在这一刻震得现场山崩地裂……

三

外公是个土石匠。说是石匠，但他会做的活儿并不多，只做墓碑。在宜都这地方，做墓碑的石刻工人，总会被人另眼看待。

外公当石匠是半道出家，也没拜过师傅，全凭自己一双巧手。那年，舅舅考取大学。为供他上学，外公提着一袋自家牙缝里省出来的粮食，找了农场里有名的老石匠，把粮食当拜师帖，就这样当上了石匠，专做丧事活儿。那时候，人的平均寿命并没有现在这样长，意外也多，来找他刻碑的人络绎不绝；况且做丧事活儿的人也少，中国人讲究死者为大，敬畏生死，大部分人还是觉得做这些跟死人沾边的事不太吉利，因此农场也只剩年纪较大的老人在做，外公当时算是最年轻的一个了。

我十几岁时，曾跟外公到山上帮忙。那会儿，他手艺已经很出色，加上手脚利索，活儿做得极顺手。外公不会写字，但刻的碑却极好看，石碑上的字在他的小刻刀下，一笔一画龙蛇腾跃，行云流水。他的刻刀就是他的笔，不到百字，就概括了墓中人的一生。外公的活做得漂亮，速度还不快，刚开始他靠比别人每天多工作几个小时来完成工作量，后来他已经熟练到能超额完成了。做得多，赚得就多。所以，外公总是没命地干。后来刻石碑的人慢慢多了起来，但外公的名头响亮，生意并没有受到多大影响。

丧事一般都是一条龙服务，做这些活儿的一般是在指定的山上做的。王爷爷、崔叔和外公在一个场上做活儿，外公刻石碑，王爷爷和崔叔就做棺木。几个人在一起工作，图的是相互间有个照应，而且还能互相带动生意，一般活儿他们一条龙的就接了，特别是做活儿的空当儿，还能有说话聊天解闷的人。他们都是天南地北爱瞎侃的人，手里闲不住事，嘴里也闲不住话。他们做着做着，就扯出一个话题，你一言我一语立马变成一串话题，接着张家的、李家的，老伙计的、小辈们的样样都扯一节儿，不但不会觉得做活儿累，还成了每日排忧解难、舒缓放松的绝佳方式，直聊到太阳落在山尖上，他们才收拾东西回家去。

说到外公的忧，就不得不提到一个人——二爷爷。二爷爷是外公的亲弟弟，住在外公家附近，以前是农场出了名的"聪明人"。读过书，当过兵，也做过生意，后来娶了个脑子有点儿不灵光的女人，生了三个傻闺女。那个女人我喊她二奶奶，可是她是农场出了名的疯子，我生怕小伙伴知道我跟她的亲属关系，放学从来不走二爷爷家门口的那条近道，就是因为"二奶奶"老是在门口"望风"。后来她就不是农场出了名的疯女人了，她女儿后来者居上，比她还疯，已经把她的疯名声顶下去了！

我知道外公会给二爷爷拿点钱，以前二爷爷也跟着外公做过一段时间的刻碑，但是他觉得工钱太低，人太累，吃不了这个苦，走了。外公间或会去看二爷爷，会偷偷揣一小袋白面，回来后还会说自己这个弟弟过得艰难。外婆是个泼辣女人，我从小就知道。她给我扎头发手劲儿大得我直哭。因此外公每次都会挨外婆的骂，这种时候我就把身子往外婆身上一靠，小嘴一抿，学着外婆的腔调冲外公说："管好你自己！"每每这时外婆反而就不骂外公了，撂下饭碗，揉揉我的脸，笑着说我真是个小机灵鬼。外公也会"啪"的一下假意拍一下我的屁股，然后才过来拿着碗筷吃饭。

后来二爷爷去世了，外公就接着给二奶奶拿点米面和零钱，外婆虽然会骂他，但也没有制止过，只是在我们这个相对封闭的农场，兄长、弟妹、寡妇等词汇融到一起，总会传来一些不好听的声音⋯⋯

四

严格说，外公不算是生病了，他是真的老了。事后回忆寒假的最后一回相处，总是伴随着我深深的悔意。

大三下半学期的时候，外公就总是因为一些感冒发烧的小病住院。妈妈就是医生，有时候突然不回家吃饭就是外公又进医院了，一问都不是大事，我也没往心里去，现在想想，那正是他年纪太大，身体各器官尤其是脏器逐渐衰竭的证据啊。他不是病了，他只是老得动不了了。

妈妈应该也是在这些医院来来往往的路上做好的心理建设：自己的爸爸已经老到要离开人世的地步了，她早已做好了准备。那段时间舅舅和小姨也常回来，每回几家子人回来，我就得收拾一下去外公家住一阵子，大家聚一聚，联络一下感情。我可能还嫌烦过，这些强制性、不允许拒绝的家庭聚会打乱了我的朋友聚会或者出游计划。那时我还谈了个外地的男朋友，妈妈并不是很同意，节假日必回家正好遂了她的愿。

我一直觉得，当初外公就应该跟着舅舅过。舅舅在县城教书，外公外婆曾经去住过些日子，但十分不习惯。外公前半辈子很苦，为了供三个孩子读书，夜以继日地在山上刻碑，手上都是沟沟壑壑的劳作痕迹。孩子们都就业了，他也退休了，却变得热爱风花雪月起来。本来他不识字，退休了却热爱起了读书看报、舞文弄墨，但家里没有买过宣纸，都是拿废弃的旧报纸，也不知道看没看过、看没看懂，反正继续在那上面笔走龙蛇，最终却都逃不过被外婆拿去生火做饭的命运。

外公和外婆真的是性格完全相反的两个人，我从小就很怕外婆，她声音大、脖子粗，说话总像是在骂人。外公就不一样了，总是细声细气的，还会偷偷给我们小辈零花钱，还会跟我们一起偷吃辣条，再一起挨外婆的骂。有一回舅舅从省城带了巧克力回来，我揣了一些出去给朋友分，在广场分着分着就碰到外出遛弯的外婆了，挨了外婆好一顿骂，当着朋友的面说我是个苕（方言，笨蛋的意思），只知道拿家里的好东西出去给外人。我气疯了，发誓再也不来外婆家了。后来外公偷摸带我去山上"探险"我才"消气"。那个时候我不明白，这么高、这么有能力、这么幽默的外公，为什么要看上那么"俗气"的外婆呢！

五

要说外婆的性格，我能三天三夜不带停地讲，讲的都是她的坏话。小时候外婆跟我们玩牌，打得好了要挨骂，打得不好也要被呵斥。她性格过于要强，我以前不明白，后来可能是年纪大了，外婆一下子变得平和了许多，老是爱讲过去的故事。从那些故事里面，我拼凑出了她人生的两个阶段：认识外公之前的不幸和遇到外公之后的幸福。

外婆还很小的时候爸爸妈妈就生病去世了，那个年代为了生活，她和她姐姐一起给别人家"做姑娘"，说好听点叫"做姑娘"，其实就是当保姆，然后人家给口饭吃。有口饭吃的日子没过多久，这家人也搬走了，她只能再辗转换了好几户人家帮忙。认识外公的时候她才22岁，而外公已经36岁了。我原先以为是外公的职业耽误了他的感情路，后来才知道外公身体也不咋好，是外婆这些年把他照顾得太好了，所以当时医生断言活不过40岁的他，一直活到了83岁，对他而言算是"长寿"了。

不刻碑之后，外公还爱上了根雕。根雕就是选一些自然生长的树根，看它像啥，然后稍稍地加工一下，加个底座就是个摆件了，说好听点是个艺术品，追求神似形不似，形太似了就破坏了那份朦胧美，破坏了意境，就不受人待见了。我理解不了外公的根雕，但是我觉得艺术听起来就很高大上，是能拿出去跟小伙伴吹嘘的故事，于是比外公还要珍爱他的根雕。往往他随手一丢，我仔细收好，一个没看住，外婆直接劈了当柴烧，给我心疼个半死，气得咿咿呀呀说不出话来，跟外公告状他也不理，这个家里没人能"治得住"外婆了，我方将军直接投敌，我等小兵只能被敌军捏着耳朵在院子里罚站，在点点星光下哭哭啼啼我军的不幸。

那个时候我不明白，我觉得外婆也太不尊重人了，怎么能一把火把别人喜欢的东西烧了呢，但是外公却满不在乎，我问他为什么，他只告诉我，享受过程即可。

"有些东西摆着也挺好看的呢，有个根雕的蜗牛不是还在武汉展览过吗？是荣誉啊！"我接着说。

"你外婆也没烧蜗牛啊！你还小，你不懂。"外公远远看着外婆忙碌的身影，说，"你得搞清楚什么是你心目中最重要的，其他的都要排后面。"

"别说了,我懂了,您心里最重要的是外婆。"我一脸生
无可恋,看着外公像看着我那恋爱脑无可救药的闺蜜。

"那可不嘛!你谈恋爱了没?咋这么大了还不开窍呢?"
外公一刀戳我心窝子上,又补充说,"这是爱情你不懂。"

我现在都能回忆起我以前被外公秀恩爱的无语心情,跟其
他人家里的长辈不同,外公很爱表达对外婆的爱,随着我年岁
渐长,这种恩爱的杀伤力越强,伴随着攻击,还带嘲讽,直杀
得我片甲不留。

六

大哥结婚的时候,外公又来过县里一回,没住几天,嘴里
喊着不习惯不习惯,连夜跑回了乡下。

后来大哥生了娃,直到娃5岁时,不知道经过了多少个"三
顾茅庐",才终于说动了这个倔强的小老头来省城住一段时间。

那时外婆已经走了有段时间了,舅舅在省城,小姨在市里,
就连我们家也搬到了县里去,但外公还是一个人住在乡下,倔
强的小老头,怎么都不愿意搬离他前半生的这个家。

我也去了,帮着把外公从火车站接进了家,外公就埋怨说:
"说不来,可偏要我来。你看,花了你们几十块路费,不划算呢。
老屋还有两头糙猪也没人喂,只好请你王爷爷帮忙管着,他忘

性大，我可是放不下心来。"

嫂子在做饭，听到了说："瞧您说的，不就几十块钱吗？您不晓得小宝这孩子，天天吵着要到乡下老屋看太爷。这不，说接您来，才顺了心呢。您看这孩子，心可是想着太爷呢。"

外公听了，咽住话头，喝几口水，兴奋地说："小宝这家伙，今年就满七岁了吧，太爷才只看过两回呢，变得厉害了吧？这家伙，也不到乡下老屋去了。要是太爷两脚一蹬，想看也晚了。这家伙，还怪让太爷挂念呢。"

外公说起死，声音有些凄楚。我说："咋会想到死呢？您看您身子骨还这么硬朗，精神好着呢，咋会呢？"

"人一老，啥事也说不准呢，说走就走。唉，人老如灯灭呀。"

外公是个豁达人。他说他自个儿不爱哭也不爱看别人哭。可外婆上山那天，他却扑在新坟上，号啕大哭了一场，把人的心都哭疼了，但那不是我第一次看到外公哭。外公外婆是从苦疙瘩堆里滚出来的，养育了母亲三兄妹。刚挨到好日子，外婆也因为患心脏病去世了。

外婆的碑也是外公刻的，外公已经许久不动刀了。那天下着小雨，外公的小刻刀还是行云流水般在石板上跃动，但外婆的名字他却一直空着。平时从来不会失手的他一刀下去伤到了自己的小指，鲜血涌出，我看着都痛。但那一刀不像扎在外公手上，而像扎在了他心里。他突然爆发出一声怒吼，好像要问老天为什么要带走他的爱人。外婆这辈子这么苦，才刚开始享福，人就没了。这不是不公到底是什么！那是我第一次看到外公哭，看到外公刚开始在雨中默默流泪，突然爆发，到最后仍旧捡起他的小刻刀，一笔一画地刻着外婆的名字。雨水混杂着血水在碑上蔓延开来，那些浅浅的刻痕好像沟壑，流不尽的是外公对外婆的思念。

外婆过世后，外公一下子苍老了许多，不再爽朗地笑，不再串门聊天，连过去刻石碑时辉煌的故事也懒得再提起，常常一个人独坐在河堤边，偶尔和路人招呼一声，却并不深谈。

七

外婆走了几年后，舅舅他们张罗给外公找个伴。我不太能接受，外公和外婆的感情比我看的电视剧里的生死恋都还要牢固，一生一世一双人，怎么会容下另一个女人呢？果然，舅舅去跟外公开口的时候直接挨了一闷棍，这也是我第一回看到外公发火，他只说："要让你妈知道，死了都能给我打活，你信不？"

我不信，以我对外婆的了解，外婆也只是刀子嘴豆腐心，她是不会舍得打外公的。

外公气红了眼，后面谁也没有再提这回事了。他每天也就是遛遛弯，坐在河堤边看鱼，再回家烧些根雕做饭。

那段时间家里都很死气沉沉，我虽常去看外公，但也就是陪着他坐着发呆。为了让我能坐得住，他还给家里装了 WiFi，我俩安静地坐着，各自想着各自的心思，不说话，空气沉静却安稳。

送外公走时，我才知道他不知什么时候，已经刻好了自己的碑。这个高老头好像从外婆走的那一刻起就看淡了生死，也是，他从来也都是不在乎的，年少时患了肺痨，那个时候已经做好了离开的准备了，没想到又多活了这么多年。外婆走的时候，感觉外公恨不得随之而去，但他决定留下来，因为他知道外婆心里也放心不下自己的这些孩子，他留下来替外婆看着。情到底是什么呢？

初夏之夜，如水的凉风轻轻涤荡去了白天的喧嚣和浮躁，空气中弥漫着花香，沁人心脾。星星的倒影闪烁，就像是一堆珍珠散落在波光粼粼的湖面，城市的夜晚今天显得尤为浪漫多姿，在那满天的星光下，燃烧着对黎明的渴望。

那时候的相逢，就像初见西塘一样

　　每个人心里都有一个别人无法取代的故事，也有一个别人没有办法描摹的场景。

　　很多故事或爱情的开始都好像会有剧本，甚至出现在不适合的年纪。而我们则相遇在寒冬腊月，这里的天气变换如同川剧的变脸一样，也给我们后来的爱情变化莫测。

　　上课铃声响了，我们都陆续走向教室，这一堂又是公开课，很多人没有来，因为天气太冷了，很多同学都窝在寝室不出门，更有甚者，那就是情侣，他们出去找个奶茶店喝杯热奶茶，谈情说爱。

　　其实林风也是属于窝寝室的那类人，只是刚好今天他在。出现在大课上不是他们这类人干的事儿，围坐在他身边的女生们叽叽喳喳地说不停。也能理解的，毕竟是高富帅，除了不知道富有与否以外，另两条他都占了。课上了一半，我突然收到后边传来的纸条。

继续听课，也没有去理会，下课了同学都走了，留下我独自一人。突然后边传来声音说：看了记得回我！回头一看，了无一人。说实在的都不知道纸条是谁写的，太冷了，抱着书本走回宿舍。路上突然递来一杯奶茶，一看这个男同学也不咋样嘛，没有接他的，他慌了，忙说："不是我！不是我！您拿着吧，不然我交不了差。"

太冷了，我接过奶茶说道："以后别这么无聊。"

大学好像就是这样，看似学生很多，实则基本上看不见什么人，心想是不是都谈恋爱去了，到了宿舍，只剩了一个室友，在鼓捣自己的游戏。坐到桌前，打开了那张纸条。写着："你喜欢读什么样的书？能推荐两本给我看吗？"没放在心上，随手扔了，时间总是要打发的，打开电脑追追剧是我最美好的时光。

一晃又周一了，今天居然有了太阳，透过窗户照在课桌上，挺美的。很享受这一瞬间，突然身后又有人戳我，又是纸条。瞬间美丽的心情消失了，下课了，打开纸条一看，询问书籍是否给他带了？真是丈二和尚摸不着头脑，都不知道你是谁？我给谁带？突然那天送奶茶的男生出现了，伸手要书。我说没有，没见你认真学习过，你看什么书啊。他说道："不是我看，是他。"然后他顺手指了一下。

随手拿了一本《飞鸟集》给他，心想你要看得懂你就看吧。

学生会今天下午又要组织会议，下午又得忙了，组织开完会议，已是晚自习时间。老师不在，大家自行看书，这时林风和送奶茶小哥坐到了我的后桌，林风问我他同桌熊猫的发型好不好看。我觉得太无聊了，没有理会。他还回来了，还叮嘱我一定要打开看看他做的笔记。

翻开发现一封信，我就比较凶地回头问他俩，这是谁写的？林风连忙说是熊猫，但是是他帮熊猫写的。字迹也丑，我当着他俩就把信撕了。

原本想着事情也就过去了，后来又收到了纸条，我看了但也不会回复，一周两周过去了，我突然对熊猫说：可以，我答应了。这下好了，没过半天时间我就又收到了信件，打开一看，是一封解说信件，原来之前的那封信是林风写的。

还是没有理会，到了晚自习，这两人又跑到了我后排的座位，老是跟我嘀咕。我说有什么事下课再说吧，终于晚自习结束了，这倒好，这俩人都不走了。

我走出教室，他们也跟着，就这样到了小卖部，又走回来，终于憋不住了，我说有什么事你们说吧，这会儿估计被我吓着了吧，哈哈……

这时他把熊猫推上来，熊猫结巴地问一句："你电话号码给我一下行吗？"我说我打给你吧，就这样回到了宿舍。

回去洗漱整理一下，睡觉时间也到了，这时手机短信一下来了好几条，一看不是刚拨打的那个号码呀，短信内容写道："信是我给你写的，不是熊猫，我想我们可以好好相处一下，不知可否？"看着信息我也不知道怎么回复，这好像是传说中爱情的前奏。

迎来初升的太阳，好温暖。

一个月过去了，没有回他任何信息，他也就默默地往我座位送吃的，零食、水果。一开始我还拒绝，可发现拒绝也没有用的时候，就果断接受了，拿给同桌分享。突然有一天，一个女同学跑来找我说，要是不喜欢人家就直接拒绝，也不要接受他的东西，一直给你拿水果一个多月了，你还不接受人家！我是听懵了，是接受呢还是不接受呢？后来有个同学过生日邀请了我去，我看他也在场，本来我想主动找他说，咱们可以先交个朋友，从朋友做起，可是看他们蹦来跳去的，没机会。突然音乐停了，不知道哪个系的同学出来主持说道：今晚给大家一个惊喜，各位同学用热烈的掌声欢迎一下我们神秘的人物吧。

门外推着一车玫瑰花进来，还有个礼盒。哇！看起来是很美的样子，是浪漫的样子。

心里还想着，今天这寿星还不错哦，男朋友这么好。正在这欢呼的高兴时刻，我看见林同学上去了，拿着话筒喊道："同学们给我们加加油！今晚我向自己心仪的一个同学表达内心的喜欢。"哎，这时真的好想逃跑，心里还想着主动聊聊先做朋友，这下是下不来台了，突然听到我的名字，真是猝不及防，真的，这种场合像是没有退路一样，只能向前走。

看着他在那里滔滔不绝地说着，也听不进去说的啥了，后来在同学们的掌声中我接收了他的礼盒，也接受了他的鲜花，接受他的告白和喜欢。就这样我们的感情上线了又下线了，校园爱情的开始很简单，结束也是很简单的。

大学四年，时光匆匆。

当阳光透过树叶间隙照进来的那一刻，就像爱情一样的甜美。时间一晃我们都大二了，这接近一年的相处，我们还是很和谐美好的，每天的一日三餐他都陪着我吃，我感冒生病他也会陪着看医生、监督吃药。慢慢地习惯了，习惯了生活中多了一个人，一个男朋友身份的人。

周末我们会骑自行车去果园；春天我们去赏花，漫天鲜花的味道让心情格外舒适；夏天我们会去果园里乘凉，看着一片绿油油的果树，眼睛都格外清爽；秋天到了我们会骑着自行车去采摘果子，好多水果，每次都吃得饱饱的走不动路。

那时候我们的幸福其实很简单，因为没有工作的压力，没有父母的压力，没有社会的压力。最美时光就是当下，在学校我是学生会主席，而他无所事事地打着篮球，带着几个哥们成天嘻嘻哈哈。

不过我做的每件事只要是需要协助的他都会积极地去做，学校宣传展览，海报张贴画，组织大家听音乐会，他都是很积极的，因此，他也更多地出现在大家的视野里，尤其是在女孩子的眼里，大家觉着他帅，爱运动，又乐于助人。

很多校友不知道我们是男女朋友，我看他身边渐渐地围了很多女同学，看在眼里起初我也没有多在意，有时候我的独立或是对事情的关心连我自己都不了解，我还是做着我自己的事，时间久了，总有喜欢他的女孩找到我，可能女孩子的心思就是写在脸上的。

喜欢，是藏不住的，就像他对我的喜欢，可能会因为着急，也可能会因为担忧……后来我觉着这种状态并不适合我们，彼此都是自由的，也是不自由的。最终我还是开口了，我说你走吧，这一句话出口，吓着他了。他一味地追问：是什么事？发生了什么事？一开始我还没有想好，去哪儿？做什么？其实我是对身边的人有责任心的，想得比较远。

时间过去两周了，我还是告诉他了，主要是觉着他身高够，运动条件也不错，去当兵应该是很好的。他得知的时候，也许他不愿意吧。3个月过去了，学校选拔新兵的时候他还是参加了。即使我还是难过的，但是为了未来，也可以说是为了他个人的未来，很多东西是需要割舍的，那时候的我说实在的，像个大人了，我沉着，冷静，不骄躁，不会因为爱情寻死觅活。

可也只有我自己知道，难过和伤心还有担忧都会上演在我身上。最后相处的一个月，我对他挺好的，都知道走出校门是每一个人独立的开始，有期待，有担忧，有害怕，也有希望。我一直都在鼓励他，支持他，也相信我们不会因为时间和距离改变我们选择在一起的路。

时光总是很快的，尤其在期待它走慢点的时候。这一周他开始去体检，去面试了，我也很少见到他。只要是课余时间都在联系他，问进度，关心他的状况。其实他父母是知道我们谈恋爱的，所以早在很久前就开始叮嘱我，一定要支持和鼓励他，毕竟我们还小，年轻。我们最怕的就是分开。父母也希望他的未来更好，部队毕竟是锻炼人才的地方，所以我一直都在做那个听话的女生。

不想让他父母失望，也不想做一个太黏人的女孩。我也很清楚地知道这是关乎我们未来的选择，不是儿戏。青春嘛，总是要上演很多的故事的。离开学校踏上部队的时间定下来了，我其实也松了口气，迟早要来的一天，来了也就不那么忐忑了。

今天天气特别好，阳光特别明媚，但还是挡不住微风轻拂柳叶，学校很多老师和同学都去送别，我最终还是没有去。不是不想去，是怕我的不舍影响到他，怕他会留下。这样的事虽然我没有经历过，但一直也听老师和学长们讲过。再者，之前他的爸爸已经告诉过我，不要去送他。

我知道这些担心都是来源于爱，我也没有理由再去。我也害怕去送别，毕竟是他们的远行。一整天我都有点恍惚，感觉少了什么，其实从心理学上讲这就是习惯，因为你习惯在身边的东西、事物或是人不再存在，所以先从心理上缺失。

这一次送别也给我们的未来之路埋下了些许隐患或是借口。

后来校园生活一切照旧，日子还是一样地过着，每天我也很忙，我是个爱学习的人，也喜欢探寻一些新鲜事物，有时间就会和几个好朋友一起出去骑车，或是聊天，或是逛果园。

后来就接到了他打回来的电话，知道他到了部队，也知道了他的地址。因为部队不允许带手机，我们也就不方便电话联系，只能书信往来，给他写了第一封信，想着在学校我们的同学、朋友都是共同的，所以我邀请了大家一起拍照，寄给他。也让他少点儿牵挂，多一份快乐，让他感受到他不仅有我，还有一大群朋友牵挂着他。

信，就这么一封一封地写着，照片也一张一张地寄出。大多是我写给他的，回信也收到过。可能部队有规矩吧，或是时间少，所以收到的回信只有寥寥几封。时间一晃半学期过去了，我也有我的事，暑假我去了一趟安徽，因为亲戚在那边办幼儿园，让我过去帮忙，家人也想着两个月的假期，也不算短。就让我去了，一张火车票到了终点，一个很美的城市，那时，我就有一个笔友是安徽的，以前在学校经常发一些文章，可能文友注意到了联系方式，于是便有了书信往来，想着暑假可以过去见见，但是毕竟在家长眼里我还是孩子，父母始终没让我见笔友。

又开学了，同学们都兴高采烈地回到学校，宿舍的几个好姐妹也激动得很。收拾好床铺我们就出去聚餐了，校门口的小吃街还是那么热闹非凡，老板们高兴坏了，谁来谁走，他们都记得很清楚的，见我们到了，就说道："还是老几样菜吧。哈哈……"

　　我们一边吃着一边聊，突然一个陌生电话进来了，我接通了，原来是林风。接到他的电话我是高兴的，至少可以电话交流了，靠书信真的很慢。我们聊了很多，他也关心问候了同学们怎么样，跟他玩得好的几个朋友怎么样。正聊着时他突然问我，我怎么去了安徽。

　　我本以为这个算不上什么大事，我说亲人在那边有事，所以我过去了，暑假时间长嘛，过去是帮姐姐打理她的幼儿园。这时他又问我为什么不在 K 市停车，见了他再走。我说我怎么下车，中途我是不能下车的。我要是没有按时间到达，那家人不得急死了，而且我也不敢一个人在中途下车啊！

　　这时我们俩都急了，都在说自己想说的话。突然他来了一句：你就是去见你笔友的……我懵了几秒，我还没有想到那件事去。我们吵了几句，也不想再说什么了，于是挂了电话。跟室友一起聊了这个事，娟儿说："你去安徽只有我们几个知道，他怎么知道的？"这话问醒了我，对呀，假期的事，也不是在学校发生的，他怎么知道呢？这让我怀疑起我身边的朋友了，几个朋友都说她们不知道，而且也没有林风的电话，是没有办法联系他的。

　　这事我也没有多想，只是内心还是不太舒服的，我们几个约着去打游戏，在网吧待了一个晚上。第二天学校也没有什么事，所以放纵了一下，一觉睡到中午了，起来一看手机好几个未接电话。赶紧打回去也没有人接听。想想应该是林风打来的吧，不然谁给我打？下午去教室领书，安排学生会开会就折腾到了八九点。

刚回到宿舍，接到他的电话，他第一句话就是："你昨晚去哪里了？"我直白地说了："打游戏去了。"这时我问他了："我干了什么你怎么知道的？"他没有正面回答我的问题。

我好像说不出来什么了，所有想说的都消失了，但是他讲了很多，说一切都是因为在乎，因为关心，因为爱……最终我也默认了，因为不在一起，有些事难免有误会。过去的事，发生了，我们就学会放下，并且选择相信彼此。

时间一晃，他当兵也快一年了，我也快毕业了，很多事自己要去安排，工作也要去落实。不论中间发生了什么，我们都还是坚持往前走，因为有期待，也有约定。不管最终他是留部队还是回来，我们都坚信我们会走在一起的。

我本身就是一个性格大大咧咧的女孩，我很多朋友基本上都是男生，可能跟性格有关吧。这天是晚自习，下课了他电话打了过来，聊着聊着，我们就吵起来了，现在的这个状况能吵的就是我们之间的信任问题。我觉得这个事没有办法解决的，我也找不出解决的办法。很多事情是解释不清楚的，可能爱情更自私一点，更何况年少的我们没有任何经验，哪能处理好这样的问题呢？即使现在正处于异地恋中的，大多也是艰难地维持，彼此辛苦地付出。

我们之间已经开始有了裂缝，再联系沟通只会让裂缝越来

越大。我说的他不信，他问的全是事实，我也不知道我的生活
细节是谁告诉他的，他让我一度怀疑自己身边的朋友。这种感
觉挺累的，其实我还是个不太在乎这些细节的人。后来我想通了，
他做的不全错，哪怕有错也是他打着爱的名义做的，也没有限
制我的自由。

　　心里想着，只要我们见面了，一切说开了也就没事了。只
是现在怎么说也是说不清的，既然没法解释的事情，我就不去
解释了。

　　时间会证明一切，这是我的想法，也是我的坚持。

　　后来的一年，我们基本上是在争吵、辩论、质疑的通话中
度过，有时候我觉得自己付出的他都没有看见，甚至没有收到
那份用心。给他写信我坚持了一年，无数的字句、无数相片、
无数的情谊，统统都寄出去了……但是收不到成果，收不到爱
的信任。

　　我们还在联系，但是我的热情也在消退，我的坚持也在减弱。
可能已经预感到了，这段路、这段情，走不长。只是彼此都没
有去提及，只是任它发展，任它恣意。

　　这是三月的一天，不知道阳光是否很好，只是还没有来得
及等到人间最美四月天，这段感情就结束了，是我先提的，我
觉得没有必要这样地消耗彼此，因为各自都有自己的事和圈子。
结束了也许是最光明的，喜欢可以很长久，可是爱经不起无端
的风吹雨打。每一段初恋都是美好又短暂的，那些有情人能修

成眷属的，我们不知道别人经历了什么，每一次的经历不论怎样它也都是一笔财富。我们应该乐观地去看待，安慰的话说给别人听，总是头头是道的。发生在自己身上了，才知道原来真的很痛。这个坎我还是花了很久很久的时间去修复，我们就这样分手了，默默地道了一声：先生，就此别过吧，像一场梦。

我离开了学校，毕业了。他的消息随之也就少了，几乎听不到了，也碰不着。初入社会，置身于职业生涯里，第一步我想做的就是找份自己心里欢喜的工作，并把它做出色。

在校的时候，导师就很喜欢我，极力推荐我去北京，可能我这种像荨麻草的女孩更适合这个城市吧。当我到了北京，才发现北京太大了，我住六环，要去三环上班。太远了，我在路上要花近2个小时，还有室外太冷了，去的时候是冬天，我们培训一个月，完了老师还带我们去爬长城，真的差点儿被冻死在那里。

最后集训完结，老师问哪些想留在北京的，我第一个举手说我要回成都，这时同学们都在大笑。估计笑我傻吧，北京——我们的首都你都不愿意待吗？多少人的梦想，想留都留不了的。我只是觉着成都好，风温柔，城市温柔，连河里的水也是温柔的。

我辜负了我的老师对我的厚爱，我还是回来了，选择了在文化行业做编辑，我觉得跟文字在一起我是安心的，温暖的，踏实的。这里会让我看见更大的世界，了解更多的人，一做就是十年。这天，突然同学们说聚会，看有人组局了，我也想见见大家，这十年大家都在做什么，大家怎么样了？

晚上当我到达时，不远处站了一个人，走近一看是林风。我还是很惊讶的，因为没有想过他会在，很尴尬的，只是道了一声：你好。真的说着都别扭，10 年了，我们已经不再是当初的我们了，都说"17 岁到 27 岁这 10 年是我们的一生"。很多事情是改变不了的。进去看大家都有很大的变化了，但我们还是很亲切，也许，这就是同学情。

今晚，其实内心是很安静的，也是很高兴的，大家都各自诉说着，畅聊着。深夜了，街上的风显得格外的清爽，大家都还没有困意，说着笑着，都是回忆，这回忆里可能少了他，毕竟那几年的他不在学校，我们的故事里缺少他。看他默默地听着我们谈论，也不失为是一道忧伤的风景。

就这样，这成了我们分别后的第一次见面，谁也没有想到和当初想象的预演不一样，结局其实也不难接受，毕竟过程才是痛苦或是幸福的。我们没有说什么话，就这样默默地走着……

后来的时光总是轻快的，都说人间最美四月天。我在这个季节结婚了，很突然，就那样裸婚了。没有宴请亲朋好友，包括他。但是最终他还是出现在了婚礼上，这次留下的估计都是祝福了。

这样的开端对于我和他都是结束，也是各自美好的开始。几个月后，他也结婚了，我只是觉得他的婚礼来得快了一点，当然，彼此送上的都是真诚的祝福。后来的几年我们在各自的世界安好，也会不定期几个同学聚会，但是早已是云淡风轻了，我们谈论的都是彼此的发展，理解彼此的经历，我们也会相互协助，理解我们追求中的万里山河。

他还是会说："你好像没有变，依旧那么野蛮。"

其实我敢和生活顶撞，敢在逆境里撒野，因为我始终为新的一轮月升和日落欢呼。哪怕是低配的生活，也要有高配的心灵，一生所爱，清风和自由。

待我荣归故里，也向你行个军礼

在来部队之前，我还是一名刚刚毕业的高中生，年少无知，总是觉得自己是最聪明的，最有能耐的，对于一些事都觉得那么简单，不想做或懒得做。当来到部队以后才发现，要做好每一件事，是那么不容易。来到这儿，连个最简单的被子都叠不好，每天被队列和体能训练累得够呛，一个动作要班长反复地示范讲解好多遍，最后依然搞不明白。训练完以后都会有这样的感叹，并不是穿上那套军装就是一名军人，其实当一名合格的军人，挺不容易的，也体会到了"咱当兵的人，就是不一样"。

2019年，那时的我高三刚毕业，在老家帮着父母还有哥哥做农活。记得那天很热很热，本就没怎么吃过苦的我，像热锅上的蚂蚁！我帮着爸妈忙活了一上午，弄得满头大汗，但自己什么都没有做。最累最重的活都是爸爸和哥哥做的，自己只是打打下手，还时不时地跑去偷懒乘凉。到了中午我们一家吃完了饭，我躺在沙发上就睡着了，等我醒来已经是下午四点了。他们出去干活我都不知道，也没有叫醒我，等我睡到自然醒，这也是爸妈对我的溺爱吧！我刚想出门去找他们的时候，我哥骑着摩托车回来了，急匆匆地对我说县上的武装部给他打电话了，说我的应征入伍申请通过了，让我过两天去县里武装部报道。我清楚地记得那天是 8 月 29 日，当我听到这个消息的时候，我不知道心里是欢喜还是忐忑。我只是回了他一句我知道了，晚上睡觉的时候哥哥好像是看出了我的心思，过来问我，你想不想去部队嘛，我没有立刻回答，我沉默一会儿对我哥说我不知道，他也就没再问我了。晚上我躺在床上想了好久，可能是自己一直生活在家人的庇护下，也没有接触过社会，我心里想着如果去了部队就没有了在地方的灯红酒绿了，也没有了在地方的自由和随心所欲。心里可能是胆怯吧，怕到了部队受不了当兵的苦。

9 月的第一天，我怀着既激动又忐忑的心情来到了县武装部报道，参加入伍集训，也是在这一天我剪了短发，第一次穿上了军绿色的迷彩服，这一身戎装也彻底打消了我心里的忐忑。在这里汇集了很多应征入伍的同志，在这里我们第一次身着迷彩，头戴军帽，站在训练场上。在这里我们第一次汗流浃背，笔直地站立在骄阳下。在这里我们第一次近距离感受到了人民解放军的风采，体会了"为人民服务的内涵"！七天时间说慢不慢，说快不快，在这七天的时间里，我和战友们接受了身体和心理前所未有的考验。

8日的早晨，风格外轻柔，我一身戎装，戴上了光荣的大红花，带着家人的期盼和自己的心愿，随着接兵干部前往了辽宁大连，刚一下车，连长、排长、班长就热情地接待了我们，还有来自五湖四海的战友们，第一次感受到了部队这个大家庭带给我的温暖！

虽然我在地方武装部集训了七天，但是来到这儿之后我才发现自己了解和掌握的还远远不足，仅仅是最简单的队列和体能训练都反复出错，但在不断地磨砺下，我逐渐适应了军营的生活节奏，学习了以前从未接触过的军事技能。但我知道新训只是军旅生涯的开始，要成为一名合格的军人，我还有很长的路要走！

不知不觉间来到这个大家庭已经两个多月的时间了，新训刚开始时，很多方面我做得并不理想，军营的磨炼，让我学会了在疼痛面前咬牙坚特，在想要放弃时逼着自己再向前迈一步。我所在的班是一班，正因为有了这个一，班长每天耐心地教我们一遍又一遍地叠被子，扯床单，物品摆放和整理，注意每一个细节。队列训练中，班长同样一遍又一遍地教我们转体、齐步、跑步、正步等，有时候嗓子都喊哑了，真的做到了为人师表，尽心尽职，当然也少不了战友们的努力。也正是因为这些我更加体会到了作为一名军人的"集体荣誉感"。

三个月的新训时间很快就过去了，在这三个月的时间里有对家乡和家人的思念，也有在训练场上挥洒的汗水。初入军营时，面对那些条条框框的规矩，我感到不适应。但当我真正融入这个大家庭的时候，我找到了坚持的目标，找到了坚守的理由。和战友们一起摸爬滚打了三个月，度过了人生中最难忘的日子，我愕然发现虽然父母远隔千里，但军营也给了我家的温暖。

今天是下连队分班排的日子，我怀着心中对中队班排还有班长战友们的不舍踏上了开往铁岭的火车，这也意味着我将正式成为由中国共产党缔造和领导的人民军队中的一员，我感到十分荣幸和自豪。我军宗旨，决定了对外要抵御侵略，对内要维护社会正常的生活、经济和工作秩序。全心全意为人民服务是我军的宗旨，哪里有危险，有困难，哪里就有人民解放军。无论是水灾、风灾、雪灾，还是江河、高山都阻挡不了人民解放军抢险救灾的步伐。我们甘愿奋不顾身，以英勇顽强来捍卫人民的利益！这一切，只因为国家培育了我们，这也是每一个中华儿女对祖国母亲应尽的义务。

经过一上午的旅程，我到达了我新的"大家庭"。当我到达营区门岗时，映入眼帘的是班长、老兵们排着长龙迎接我们，其中也包括营区的各级首长，每一位班长、老兵脸上都洋溢着笑容，那响彻山谷的掌声每一声都直击着我的心灵。伴着班长、老兵们的热情，我们很快就分了班排，我和一个同届兵一起被分到了九班，在副班长的带领下我们俩来到了班级，刚打开班级的门，迎面而来的是班长、老兵们的热情迎接，我身上背的行囊是班长亲自帮我卸下的，也是那时我看到了班长衣领上的军衔，那是很深的一道粗拐和一道细拐，那是九年军龄以上才能佩戴的军衔。后来在副班长的讲解和帮助下，我们开始整理个人物资和战备物资，等把这些简单地做完已经到了晚饭时间了。集合、点名、唱歌这是部队饭前必不可少的工作，在连长的讲话指示下我们新兵在一楼吃饭，所有老兵、班长们在二楼。然而当我去到一楼饭堂的时候，映入我眼帘的是桌上满满一桌的菜，我强压着心里的兴奋和不可思议在值班员的指令下开始吃饭，那一桌整整十二道菜，这放在家里也是大餐吧！

晚上 7 点全连组织看新闻，8 点全连组织晚点名，9 点 30 分就要熄灯睡觉了。等点完名回来，来到班里，班长因为我们刚来也没有再组织班级的一天工作总结讲评。只是简单地让班级里的每个人做了自我介绍，也算是正式欢迎我们两个新成员的加入。后来我的行囊是班长给我拆的，我的床单被套都是班长给我铺好套上的，另一位新兵的是副班长帮他弄好的。我们俩看着这一切心里都升起了一股暖流，可能这就是部队吧！这就是为什么大家都说部队是个"大家庭"的原因吧！

第二天在班长、副班长还有班里老兵的带领下，我随着班长们的步伐参观了营区环境，其中就包括住宿楼、食堂、会议室、授课室、训练场、打靶训练场等很多场地。后来在班长的细心讲解下，我知道了我们单位的工作性质、工作要求，其中也包括我所在班级的职能分工。我们单位的工作性质很特殊，就像是地方的建筑行业，我们有通风、给排水、土建、电工等多种专业，而我所学的专业就是电工，电工也是我们单位所有专业中最为危险的专业。

时光飞快，转眼间来部队从事电工专业已经一年有余了，回顾这一年在班长及班级老兵的细心教导和讲解下，自己的专业技术理论知识通过不断地实践总结，已经取得了一定的成果。电工维修是保证整个营区生活照明系统等系统的正常运作。作为一名电工，在工作中除了对设备电路进行维修安装、调试和日常保养与检查外，如何在出现故障时，能迅速准确地查明故障原因，并做出正确的维修处理也是重中之重，也是确保营区电器设备正常运行的重要前提。为了自己的专业技术知识以及实践操作能力能够得到提升，这一年以来除了班长、老兵们的细心讲解教导，我还购买了相关专业的理论知识书籍不断学习巩固，不断地将自己所学知识与实际实践相结合，自己也终于能够在班长、老兵的安全防护下进行个人的实践操作了。

这一年我们中队也先后参加多次任务，最常见的就是连队之间的技术比拼，能上场的都是连队的班长、老兵们，他们不管是专业理论知识还是专业技能技术都已经是连队中超群的了，所以他们比拼的不单单是技术知识，而是效率，拥有丰富的专业知识和熟练的专业技术的老兵、班长们都是以时间来决胜负！每一次我们连队都是中队的标杆连队，这都少不了班长们扎实的技术能力。再来就是大队的大比武了，这在我这样的技术小白的心里那都是望尘莫及的。但每一次不管是战区还是大队的大比武中我们中队都是能排得上名次的！这一年我们中队也是理所应当地被评为整个大队的标杆单位，而我们连队则是中队的标杆连队，这都是班长们辛勤付出换来的荣誉！在连队的年终总结大会上，我所在的九班在连队首长的指示下被评为年度最佳班级和连队最佳标兵班级，这样的荣誉也激励着我们班集体不断向上的决心。

很快一年过去了，过年七天大长假，听着都很激动。在连队这个大家庭里我吃到入伍的第一顿年夜饭，到了晚上和班长、战友们一起观看联欢晚会，吃着瓜子花生，喝着炊事班准备的饮料，别提有多享受了。晚上当我准备睡觉了，班长突然把我叫住，问我干吗，我回答班长不是到睡觉时间了吗？班长对我说晚上还有饺子没吃呢，在和班长聊天后我才知道，原来炊事班在我们都在休息的时候，加班给我们全连包了饺子！晚上十二点全连集合去食堂吃饺子，一百多号人其乐融融。有韭菜鸡蛋馅的、猪肉馅的、牛肉馅的等不同的味道，那是我过年吃到的最好吃的饺子。第二天可以去门岗拿手机玩，我拿着手机和父母通了视频电话，向他们诉说着我们单位过年的美食，他们听着我一直说个没完，就问我真的有那么好吗，你是不是在安慰我们啊！只可惜他们不能和我一起过年，要是爸妈也能来的话肯定也会被震惊吧。除了父母谁会加班给你包饺子啊，还准时煮好给你吃，还有那么多不同的口味，我都不会相信。还没等和父母说完话，值班员就吹响了集合哨，我急急忙忙地放好手机赶去集合，随后就被带回连队休息了。美滋滋地睡了一觉，睡得可舒服了，应该是肚子填得太饱了吧，所以睡得很熟很熟。

　　今天是初二了，今天对于我来说也是一个特别日子。因为是休息日，我还是和往常一样起床，集合，洗漱，整理内务，集合，然后吃早饭，然后去门岗用手机。不一样的是，有一个女孩加上了我的微信。原来，高中时的好兄弟在家乡上大学后，见我还没有谈恋爱，所以就拜托他的女朋友给我介绍。可巧，那个女孩也喜欢军人。我在她朋友圈看到了她的照片。她那含着笑意的脸上，有着一双弯月似的眉毛，眉下圆圆的眼睛犹如瑰宝般明亮，只需一眼便让人沉醉，一头乌黑靓丽的长发披散在肩头，目光纯洁似水，红红的小嘴微微翘起，给人一种清秀的感觉，颈上戴着一条项链，衬得皮肤白如雪，如仙女下凡般，一袭简单的白色长裙，纱衣丝带，紧贴在身上，精巧细致的身形展现得淋漓尽致。一条天蓝色的手链随意地躺在腕上，更衬得肌肤白嫩有光泽。从此她像一束光照进了我的生活，她也从那一刻深深地印在了我的脑海里挥之不去！在聊天中我们相谈甚欢，仿佛本来就认识一般，就这样你一言我一语，上午的时光转眼就结束了。值班员的集合哨声才把我从这如梦如幻的时光中唤醒，我只是匆匆地对她回复了一句"我去忙了，下午见"，便慌忙地放下了手机。可是异常饥肠辘辘的我，在今天却觉得炊事班的饭菜不香了，吃了没几口我便回到了宿舍。可是这时意外也随之而来了，我在下楼梯时不小心崴了脚，卫生员说我伤得不轻，可能近几天没有办法走路了，我回到营房躺在床上，没过一会儿我的脚就肿成了猪蹄。可是我心里真正担心的是我下午要对她失约了，我可是说了下午见的啊！后来我找到了我的同届兵，让我的战友下午去门岗时替我给她发了消息，就说我下午有事不能用手机了，顺便要了她的电话号码。就这样我在床上度过了一个无比漫长的下午，等到连队带回时战友给我送来了她的号码，我看着这一串数字，心想脚伤好了之后，一定要第一时间去门岗给她打电话。

几天后，我鼓起勇气拨通她的电话，随着那一声清脆而柔和的"你好"响起，我对她讲述了我的遭遇，她听着笑得很开心，但是我比她更开心，从那时起后面的几天假期，无时无刻我们都在通电话，我们无话不说，无话不谈，就仿佛是有说不完的话和分享不完的快乐。终于在2月16日的这一天我在电话里向她告白了，在那一瞬世界都安静了，她停顿了一会儿高兴地对我说了一个字"好"！那一瞬间我不知道我的激动情绪该如何向她表达，只是憨憨地问了一句："你没有骗我吧！"随后我也将我是一名军人的身份告诉了她，可她却毫不犹豫地对我说："我愿意等你！"从这一天开始，她真的成了我生命里的光，无时无刻都在温暖着我。

我一有时间就会给她发信息或者打电话，互相诉说彼此的近况。我会向她讲述我在部队的生活，今天食堂的饭菜变香了，窗口打菜的多给我打了两勺，我吃得很饱；或者今日训练得很累，又让我们所有人负重五公里跑，汗水都打湿了我的眼睛；寝室里室友的妈妈给他寄来了好吃的特产……这些我的日常我全都想向她分享，恨不得事无巨细都向她说，大到我的训练，小到我今天听见谁讲了什么八卦，我从没有什么时候像这样分享欲达到了顶峰，同样的，我的心里也记挂着她，想知道她在干什么，每天经历了什么，遇到了什么事，见到了什么人，大概这就是牵挂吧，心心念念，念念不忘。恋爱从来都是双向的奔赴，她也会向我分享她的工作和日常，早上出门经历的早高峰，中午吃的午饭是什么，吐槽哪家的店盐放多了肉放少了，下午下班回来路上遇见的流浪猫，好看的夕阳……都会对我说，我好像在部队也看见了她的生活。部队生活也因为她的存在，更加有意思了。

在部队很少有时间能拿到手机，每一次拿到恨不得把所有的话都说完。我俩也会时常书信往来，每一封信，我都珍贵地保存在我柜子里的盒子里，一封一封，整齐地罗列着。"啊，所以你是也想尝尝我妈做的肉干吗？我给你讲，可好吃了，保证你吃了还想吃，我给你寄点儿你尝尝呗。"正打着电话，聊着她妈妈给她做的肉干，我说我想吃，她立马说要给我寄，我听了内心很开心，期待着她的包裹。

班长告诉我，保卫室那里有你的包裹，你记得拿一下，等一下训练完，你别忘了。啊，我的包裹，肯定是她给我寄的东西，我内心一阵狂喜，恨不得马上训练完，冲去拿我的包裹。"这边，对，这是你的包裹，还挺有分量的，你女朋友对你不错啊，小伙子好好对人家姑娘啊，我可等着喝你的喜酒呢。"我挠着头不好意思地笑了笑，脸上的笑容止不住。拿到包裹回到宿舍，几个室友起哄："哟，这是嫂子给你寄的啊，瞅你俩感情真好，不就是个包裹嘛，瞧你宝贝的，可别虐我们这些单身狗，喂我们一嘴狗粮，赶紧拆开看看。"我小心翼翼地打开包裹，里面有一大袋肉干，还有下饭的肉酱，几袋小零食，和一封信。

信里说：

超，见字如面！不知这是第几封信，我日日想你，日日写你，落笔处尽是思念，零碎的喜欢被我藏进了字里行间，密密麻麻的文字拼凑出一个"爱"字。

每天晚上你都会准时给我打电话，虽然几分钟，但我已成习惯。无法互相陪伴的日子里我们都要对彼此多点信任，距离不是问题，相向而行才是关键。我没见过你站夜哨、搞体训的辛苦，也没吹过凌晨两点的风，没见过你淋雨训练五公里疲倦得倒头就睡的样子，我只见过视频聊天时你一直对我笑的样子，问我有没有按时吃饭……所以我告诉我自己要理解你，包容你。

军人服役，不问归期。女子于礼，静候佳音。愿君归来，只盼君安。肉干我寄了很多，可分一些给你的室友……

刚刚看到这一句，他们便齐刷刷地说"谢谢嫂子"，拿着肉干溜了。

我无奈地笑了笑，还好给我留了一些，不然我非扒了他们的皮。

到我用手机的时间了，我组织了很多语言，但是电话被接起，听到她说的那声"喂"，我整个人又愣了，组织的语言全都忘了，我说："肉干很好吃，都被抢完了！"

她说："哈哈哈，那我下次再多寄一点，没事的。"其实这些都不是我想说的，我想说我很想你，很想见你，我骄傲我是一个兵，可以保护你，但是我话到了嘴边又说不出来了，这一刻，我差点儿想退伍了。

在枯燥的部队生活中，我日复一日训练，终于在我的盼望中，快到了我退伍的时间，在上一次给她打电话时，我已经说了，她也很开心，这让我更期待了，我已经开始畅想与她一起生活的快乐日子，这让我一分钟也不想待在部队了。

"听说这次评比，优秀的会继续留在部队，升职，不过像我们这样的还是早早退伍回去咯，再找个女朋友就更好了，咱就是说，也就我们大哥最有这实力。"

"你们在说什么，什么继续留下啊？"我一边擦着头发上的水，一边走出浴室。

"就是那个继续留在部队的名额啊，我们没机会了，但是我们都觉得哥你有，你有什么想法？"

我默默地把毛巾丢在了桌子上，一脚蹬开了凳子，一屁股坐了下去，说："能怎么样，到时候再看吧，别在这瞎说，快点午睡吧，等会儿训练你又没精气神，小心被骂。"

"不是啊，哥，这你都不把握住？你平时就很受领导们看重，这肯定得有你啊，我们都觉得就你最有希望。"

"还闭不上嘴是吧？来，是不是练少了，我陪你去外面练练怎么样？"

"哥，还是算了吧，你是我亲哥，我错了，我马上闭嘴，我这就滚去睡觉。"真的很有可能是我吗？那我该怎么办，前途和爱情我都舍不得，唉，好难抉择，到时候再说吧，说不定不是我呢，一天就净听他们胡说，还是赶紧午休吧。

"同志们大家都很清楚啊，你们都离退伍的时间不远了，你们当中的有些人会留下，但绝大多数人是会离开的，到时候离开部队可别就忘了你是干什么的，要时刻谨记着……"

"哥，你走啥神呢，刚刚班长叫你和咱班另外一个等下解散后去趟连长办公室呢，叫你你没反应，你在想什么呢，这么入神？我猜肯定是说留下的名额，我就说肯定有你……"

"你说连长让我去办公室？"

"是啊，敢情我讲这么半天你根本没听啊。"

"东西拿着，我现在就去找连长，别到处乱说，听到没！"

"报告，连长，你找我啊？"

"请进，找你来问一些事儿，你快这边坐，找你来就为给你说件事，关于部队留下一些优秀人员的事，经过讨论，我们连决定留下你和另外一名优秀的同志，你觉得怎么样，没有异议就可以开始准备留下的相关事宜了。"

听着连长说的话，我脑海中不自觉地想起了她，就在上一次的通话中，我还高兴地对她说，我们很快就要见面了，到时候我们要干些什么，她还在高高兴兴地计划，等着我回去，一瞬间我心乱如麻，不知如何抉择。

"连长，能让我再想想吗？我觉得这件事我需要再好好想想，想好了我给您答复，您看行吗？"

"这有什么好想的，这个机会可是千载难逢啊，你还犹豫，你知道有多少人挤破了脑袋想留下吗？你知道这有多抢手吗？竞争多激烈？我们可是看在你平时表现优秀，个人能力突出，领导们都很欣赏你的分上，才把这个名额给你的，你居然还要想想，错过了可就没有了，你要好好想清楚机会只有一次，你的前程可比什么都重要啊！"

"连长，我知道了，但是我还是想要再想想。"

"唉，你们这些年轻人呐，就是一股子劲儿，行吧，你要想就给你一天时间，过时不候，回去吧。"

"知道了，连长我会好好考虑的。"

"哎，哥，连长找你是不是说那事儿，提前恭喜你啊，以后要是真的当上了官，可别忘了我们这些兄弟啊，你们说是不是？哈哈哈。"

"唉，别说了，我在纠结啊，真的好难，到底该怎么做啊？"

"你不会是想着嫂子吧，哥你糊涂啊，这时候肯定要想着留下来继续干啊，嫂子那么善解人意，肯定会理解你的，这不是两全其美吗？"

"说了你们也不懂，全是些单身狗懂什么，距离不会产生美，搞不好嫂子就没了，我可要伤心死，我不想告诉她我回不去了，让她又继续一个人，这不是耽误人家吗？"

"啊，这，哥，你自己想吧，太复杂了，但是兄弟我们都觉得，你该留下来，这时候可不能感情用事，你好好斟酌吧。"

唉，这可真难办，我又拿出了那盒子书信，是她的笔迹，看着这一字一句，我都能想象她坐在桌子前握着笔，一字一句地写下来，手指摩挲着信纸上的字迹，我的眉眼不自觉地柔和了下来，嘴角上扬，连我自己都没发觉。

"报告连长，我考虑清楚了。"

"那你抓紧时间把这个表的相关信息填了，就可以安排留下的后续的事了。"

"报告连长，我考虑清楚了，我要退伍，我不打算留下来了。"

"什么，你再说一遍？你要选择离开，你是脑袋被驴踢了吗，做出这样的糊涂决定啊？你可要想清楚了，你不要，别人可争着抢着要。"

"报告，我要离开，我不打算留下，我想得很清楚，后果我也知道，希望连长你理解我。"

"唉，犟驴，拉都拉不回来，你迟早会后悔，算了，由你去吧！"

"谢谢连长，我走了。"

"什么！哥，你真是为爱冲锋的勇士，这样的机会都不要，我可是想都不敢想，你直接就不要了，嫂子有你可真幸福。"

"闭嘴吧，就你嘴巴叭叭的，你嫂子的眼光自然是好的。"说起她，我都不自觉笑了出来。

"哟哟哟，一脸痴汉表情，得了吧，现在你又不能和嫂子见面，就别在这儿相思了。"

"找打啊你！"

"明天大家就要离开了，今晚营里组织了欢送会，大家去了吃好喝好玩好，战友间好好道个别，这一离开，大家可就是各奔东西，再难见面了，趁这个时间，好好叙个旧啊，大家回去好好准备。"

"哥，还别说，挺有离别氛围的，这样一来，搞得我都伤感了，我不想离开你们啊。"

"行了，别逗了，等你一离开，你什么伤心的事都忘了，怎么还会记得我们这些兄弟，谁还不知道你啊！"

"就你会说，我怎么就不能多愁善感了？"

"哥，这里，我给你留了个座儿，你看看，我们要离开了，这伙食都变好了，我可专门挑了这个座儿，保证等会儿艺术团的表演什么我们都看得清楚，哈哈哈哈，就这还不高兴啊？"

"你小子，就这些事最积极，马上要离开了，都还这么兴奋。"

"来，兄弟们再喝一杯，这一杯我敬你，哥，我们当中就属你最厉害，最有能力，以后要'苟富贵，毋相忘'，嗝，这军旅生涯，也就到这咯。"

"这小子酒量真差，这就喝醉了，行不行啊，哈哈哈……"看着这一幕，我的内心五味杂陈，这一次相聚之后，想要这群人再聚拢，可就很难了，我望着这群喝得面红耳赤的战友，无奈地摇了摇头。

"都说了少喝点，喝那么多，明早看他头不得痛死，哈哈哈哈，我可要狠狠嘲笑；部队的日子虽然苦，但是也有快乐啊，想想我们刚来的时候，多苦啊，转眼这些都过去了，我们居然要退伍了，还别说，居然又舍不得这又苦又累的地方，离了这个地方可就再也穿不上这身军装了。"

"哥，你买的几点的票，我可能比你们早走，买的最早的一班车，等会儿我可就先走一步了，你们大家可别想我。"

"就你小子积极，还最早走，不过，唉，保重，大家这一别，可就再难相见了，到时候结婚的时候可别忘了给我请柬，我可要喝喜酒。"

"去去去，少得了你的吗？好了，就到这儿了，大家就散了吧，天下没有不散的筵席，大家后会有期，以后有事说一声，兄弟我们能帮的自然不会坐视不管。"

"对，乖乖，我马上到车站了，你来接我？你到哪了？人太多了，你找个地方等我，我下车了去找你，千万别乱跑，听到没有？"

"知道了，我在车站出口等你，给你带了花，欢迎你退伍回家，你可不要太感动噢，嘻嘻。"

"这里，我在这儿，都跟你招手了，生怕你看不见我，喏，给你的花，这可是我精挑细选的，怎么样，够有仪式感吧？放眼望去，谁家男朋友有这待遇啊，你可要好好对我。哎呦，部队出来的就是不一样，瞧这身板儿，嘎嘎壮啊，这腹肌，得有八块吧，这肌肉，真结实，不错不错，我很满意。"

"女神，行了，别嘻嘻哈哈了，快带我回家，你爸妈肯定等急了，等会儿我可不帮你说话。"

"什么我爸妈，我也把你爸妈接来了，谁被骂还不一定呢，得了，接你还没好脸色，这是一点儿也不想我啊！"

"怎么可能，不想我也不会买那么早的车票回来啊，你这不是冤枉我嘛，果然惹不得女神。对了，等一下你在前面那个商场停一下，我去买点东西。"

"你要买什么，这刚出来就想着购物了，这不像你的作风啊，是在部队里购物欲望被压抑太久了吗？钱用不出去给我用啊，哈哈哈！"

"别在这儿贫嘴了，虽然说才回来，但去见叔叔阿姨，总得带点儿东西吧，空手去终归是不好的，这多没有礼貌啊！"

"切，我爸妈又不在意这些形式。"

我撇了撇嘴。

"这是叔叔喜欢的茶和烟酒，都拿最好的；这是阿姨喜欢喝的燕窝……这些也要拿最好的，好了差不多了，我们走吧。"

"见我爸妈大包小包的，见我怎么不带点儿，切，这是差别对待啊，我得跟我爸妈好好告一状！"

"得了，得了，什么时候亏待过你啊，祖宗，别在这儿说了，等会儿他们该等着急了。"

"爸、妈，我们回来了，瞧给你们带了好些东西，快接一下。"我一边换鞋子一边跟我妈嚷嚷。

"叔叔阿姨好，给我吧，别麻烦阿姨，我来给你放，懒鬼，这都不想拿。"

"你俩回来了，一大桌子人可就等着你俩了，你爸都念叨几回了，可终于盼着了。"

"哎，瞅瞅，长结实了，也变黑了，比起之前更成熟了，军队是个磨炼人的地方，看把你给练的，来多吃点肉。"

"谢谢叔叔，部队挺好的，我也还习惯得了。"

"你说的真的啊？真的明天就跟我爸妈提出要订婚了啊？我没做梦吧！"

"当然真的啊，我回来不就是为了你吗，我现在一刻也等不了了，我想我俩快点名正言顺在一起，但是我觉得也不能乱，一步一步来，从恋爱，订婚到结婚，一个也不能少，这些都是要有的。"

"谢谢你，我很开心，能和你在一起，感觉好得不可置信啊，这么快这么顺利。"

"当然啊，这些都是承诺给你的，好了，早点睡觉吧，晚安，亲爱的。"

"你们那么快就决定好了吗，你俩做好结婚的准备了吗？这可不能卓率啊！"

"叔叔阿姨，我已经决定好了，我这次从部队回来，就是为了和她在一起，我觉得我们该步入婚姻的殿堂了，我俩都考虑好了。"

"我们也是很看好你的，当然同意，只是舍不得女儿这么早就嫁出去，既然你俩都决定好了，那你们开始着手准备吧。"

"我们去这家店拍婚纱照怎么样，看，这套婚纱好漂亮，我好喜欢，你看看，你觉得好看吗？如果没有异议就这家了，真的很符合我心中的婚纱啊。"

"婚纱你喜欢就好啦，既然喜欢那现在就预约，这周我们就去把婚纱照拍了，然后我带你去你想去的地方旅游，怎么样？好好带你放松放松，享受我们的二人世界。"

"好啊，好啊，我们先去大理，再去拉萨……那我要和你去很多地方，看很多风景，吃很多好吃的。"

"对，新娘看镜头，新郎再靠近新娘一点点，就是这样，别动。"照片里的两个人笑得一脸幸福，笑容永远定格在了这一瞬间。

"那我们拍了这么多张，你最喜欢哪一张啊？"

"这张，我最喜欢这张照片。"

"为什么是你向我敬军礼这张照片，我觉得没什么突出的啊。"

"因为我是一名退役军人，在我心中行军礼是很神圣的事，你和祖国在我心中同等重要，我说过，待我荣归故里，我会向你行个军礼！"

将温暖留在心里，给爱一个台阶

一

午后阳光有些许刺眼，让本就酷热的夏日更添一抹火热，行人在这烈日下匆匆赶路，丝毫不愿意在太阳下多待，而这片"炼狱"对于成安诚来说确实没啥伤害，他熟练地游走于各个商品的遮阳伞下，和待客的老板打着招呼。他走进校园，穿过喧闹的走廊，来到自己考场的门口。"叮叮叮，请监考员组织考生进入考场，请考生在考场门口自觉排队，有秩序地等待检查……"这是高考的最后一场，成安诚心中不乏有些紧张，理综虽说是他最擅长的，但这次不允许有失误。成安诚按照模拟考试的经验将分发的答题卡、试卷依次摆开，开始了答题。两小时后，伴随着考试结束铃声想起，同学们熙熙攘攘地走出考场，走到校门口，他回头看着熟悉的教学楼，露出了放松的神态，"终于结束了"。

　　回家的路上，班上同学激烈地讨论着今天的答题对错，有的懊悔自己粗心，有的据理力争自己是对的，还有的得意地讲述着自己的解题思路。成安诚本不想参与的，心绪却也被牵扯其中。

　　"好了，别再说考试了，计划计划今晚怎么过吧！"耳边传来班长的声音，打断了关于考试的讨论。"去唱歌！""去上网吧？""可以找个茶馆坐坐。""我就不去了，吃完饭我就回家了。"……你一言我一语地讨论，走过了这条走了三年的路。

　　晚宴定在县城的大酒店里，邀请了所有的科任老师。时间临近，参加宴席的同学和老师都找好了自己的座位，和同桌的人聊起了这段奋斗的时光。随着拍击话筒的"嗡嗡"声响起，大家都安静下来看向舞台正中央。"同学们，今天你们完成了你们人生中最重要的一件事，那就是高考。首先，祝贺你们，你们再也不是那个被别人看不起的小孩子了，过了今天意味着你们一只脚已经踏入了社会，从今天起你们要先学会担起自己身上的责任……"随着班主任一番激情的讲话，现场气氛被推向了高潮。班长上去接过话筒："同学们，很幸运与你们度过了这三年的生活，很苦，很累，但是很幸福。这三年我们要感谢我们的父母，是他们让我们能够在宽阔明亮的教室里读书学习，让我们心无旁骛地读书学习，为我们承担起了生活的重担，如班主任所说，今后我们要承担起生活的重担，最后要感谢的是我们的班主任和科任老师，感谢他们的无私付出，为我们学习和成长奠定了坚实的基础。所以我建议大家和我一起把这首歌献给所有为我们辛苦付出的家长和老师们。"

"总是向你索取，却不曾说谢谢你，直到长大以后才懂得你不容易……"随着背景音乐响起，全场同学都主动站起身来，跟着旋律哼唱起来。不少情感丰富的同学已经红了眼眶，高考前夕压抑着的情绪在此刻全然爆发。是啊，属于自己身上的责任该主动挑起来了，和同学们这一别又得何时再见啊……晚宴后，同学们三三两两地离开，有人去唱歌，有人去上网吧，有人去茶馆继续谈天说地，有人径自回家准备第二天口试。成安诚带上耳机，漫无目的地走在江边的小路上，回想着这几年里发生的种种，有老师悉心的教导，有课后与小组成员激烈的讨论，今天过后这些都不再有了，心里空空的，不知何时才能再次将它填满。

二

"东西都带好了吗，入学的东西要带齐哦！"耳边又传来妈妈关切的提醒。

"都已经收拾好了，走吧，别让姐夫等久了。"

成安诚从小生活在小镇，回家也都是和同学结伴而行，这次独自离开，成安诚心里充满了对未知的忐忑和兴奋。坐上楼下等待许久的车，看着窗外熟悉的街景一帧帧划过，伸出手想要留下这一刻的美好。学校就在隔壁市，离家4小时车程。学校在一个小镇上，距离主城区还有一段距离，这里的道路宽而平直，远处的山脉连绵起伏，舒适的环境让成安诚神清气爽。

成安诚报到后拿到宿舍钥匙，在寝室选了一张靠窗的上铺，看着即将生活三年的房间充满了期待。随后成安诚带着父母在校园里转了一圈，期间父母对成安诚嘱咐了许多，成安诚将这些一一刻在心底。父母离开后，成安诚又独自在校园里溜达了起来。

午后，成安诚回到寝室，看到一个身穿牛仔外套，斜躺在下铺的消瘦男生，一米八的床对他来说还是小了点。简短的自我介绍后，成安诚了解到他叫巨岩，独自一人从甘肃来四川上学，平时喜欢玩手游。成安诚约他下午一起去球馆打球，他却说他是宅男。整理好床铺之后，成安诚带上球拍，来到羽毛球馆。暑假期间成安诚就与学长取得联系，学长给予了他许多建议，并约好在球馆一起打球。球馆大门看上去很不起眼，推开门却别有洞天，偌大的场馆里被划分成数个标准场地，成安诚将球拍放在椅子上，独自地做起了热身运动。因为才开学，球馆在使用的场地并不多，现在打球的全是协会的成员，会员在球场上来回奔跑，球拍扣杀的声音在球馆内回荡。成安诚等到学长休息时才上前打招呼，短暂寒暄过后，学长邀请成安诚切磋一下，成安诚有一定的羽毛球功底，但在学长强烈的攻势和灵活的击球角度下，逐渐败下阵来。休息的时候，学长指出成安诚的步伐和击球动作还存在一定的瑕疵，指导动作过后单独开了一个球场供成安诚练习。简单的动作反复练习使他形成肌肉记忆。这天下午的风比以往任何时候都凉快。

第二天成安诚在学长的带领下再次熟悉了校园，为他细致地讲解，让成安诚更快地融入校园生活。

接下来就是长达 15 天的军训与学前培训了。九月的太阳将一只只小白兔从空调房里拎出来晒出油亮亮、黑漆漆的肤色，锻炼其钢铁般的意志。军训前两天成安诚还能乐此不疲地往球馆跑，随着训练强度增加，也只能羡慕地看着凉亭里吃着冰镇西瓜谈笑的学长学姐，梦想自己也是其中的一员……军训结束后就是正式的大学生活了，学生会、社团等的招新工作，班级的熟悉……几经了解，成安诚在学长的推荐下参加了学生会的部门竞选活动，在不荒疏学业的同时，也能更好地锻炼自己的沟通和组织能力。就这样，成安诚成功加入学生会组织部和羽毛球协会、环保协会。自此，成安诚多姿多彩的大学生活正式拉开了帷幕。

三

成安诚没想到的是大学的开学也是这般繁忙，加了无数个QQ群，说过最多的话就是"收到"，还有多的数都数不过来的会议，各种代表"欢迎"的聚餐活动……饭后，成安诚拍了拍自己圆鼓鼓的肚子和空空的钱包，心里想着聚餐好像也不是那么的快乐了。

这天早晨，成安诚掏出手机看到协会发的通知："今天晚上环保协会和手工协会联合举办了迎新晚会，要求协会成员都不能缺席。"迅速回复收到后，他往教学楼走去开始一天的课程。晚上成安诚来到迎新的教室，里面已经坐满了人，他走到环保协会一边坐下，和协会成员开始聊起开学以来遇到的新鲜事。时间一到，协会会长站出来示意大家安静下来，每个学年第二个学期两个协会将共同举办"环保服装大赛"，为了加强两个协会的合作，今天和手工协会联合举办这次迎新晚会，本次活动主要是以游戏的形式展开，希望在这次活动中能增进会员们彼此的联系，为后面的活动奠定良好的基础。

活动开始只有寥寥几人报名参加，也正是这几人，夸张大胆的表现将现场的气氛提升到顶点，越来越多的人加入游戏当中，就在成安诚卖力表演的时候，看到坐在后排的一个女生，那女生有一双晶亮的眸子，细致乌黑的长发，披于双肩之上，洁白的皮肤犹如刚剥壳的鸡蛋，一对酒窝均匀地分布在脸颊两侧，浅浅一笑，酒窝在脸颊若隐若现，煞是可爱。就这么一愣神的时间，游戏结束的哨声响起，他呆呆地跟着同伴回到了座位上，眼神时不时地瞥向角落里的那个女生，那精致的容貌在他的脑海挥之不去。活动结束后，成安诚找到会长打听女孩的消息，会长说："她也是大一新生，叫李伊朵，是手工协会那边的会员，挺喜欢做一些手工的，就是性格比较内向，你不是喜欢打球吗？没事可以多带带她啊。"这样偶然的一眼，让成安诚平静的内心泛起阵阵涟漪。

大学生活丰富多彩，各种课程也增加了学习的紧张感。只是在那次之后，成安诚就很少再看见李伊朵了，每当成安诚回想起角落里那个文静的女孩，嘴角不禁就会泛起微笑。成安诚找到会长，主动负责起本次与手工协会合办的活动。

"本次活动是我们第一次的合作，我们将分成小组去完成对应的工作，分组名单呢成安诚这里已经排好了，这次活动不难，但是要注意以下细节……"会长讲完工作安排后就宣布散会。

成安诚叫住李伊朵，快步走向前问道："李伊朵，这次是我们俩一组，接下来一起商量怎么完成吧。"李伊朵点了点头，便和成安诚并肩走出了图书馆。在路上，成安诚说出了对这次活动的想法，也期待着伊朵的意见和看法。两人你一言我一语地讨论着，走累了便找了一家奶茶店，坐下来接着讨论。就这样，时间过得很快，天色也渐渐暗了下来。

"那行，我们就按刚刚讨论的着手准备吧。"成安诚接着说，

"没想到已经这么晚了，一起去食堂吃饭吗？"

"好呀！我也饿了。"李伊朵应道。黄昏的阳光洒落在两人身上，地上的影子越来越长……

经过不断地创新想法和手工打磨，他俩的环保创意手工作品在规定时间内完成了。李伊朵看着作品很是满意，转头望着成安诚问道："你说我们会晋级吗？"李伊朵清澈的双眼让成安诚乱了神，成安诚摇了摇脑袋让自己清醒一下。

"不会吗？"李伊朵有点失望地说道。

成安诚连忙说道："不不不，我不是这个意思，我……"成安诚脸憋得通红，愣是说不出理由来，缓了缓才说道："我们一定能取得好成绩的。"

李伊朵噗嗤一声，再也没憋住笑。

经过这段时间的相处，两人关系越发熟络，成安诚周末会带她去吃宝藏小店，李伊朵会给他欣赏自己的手工作品。不管能否拿奖，这件作品都会是两人心中的第一名。

四

"下周羽毛球比赛你准备好了吗？"李伊朵关切地问道。

"说实话还挺没底气的，这届会员实力都还挺强的，就我这技术怕是危险了。"成安诚苦笑着说。

"没事，你只管努力，剩下的交给天意，加油！"李伊朵
比了个打气的动作。

"你会来看我比赛吗？"成安诚问道。

"再说吧。"李伊朵笑嘻嘻地跑开。接下来几天时间成安
诚经常在晚饭后去球馆练习，一直到大汗淋漓才回寝室洗个热
水澡。因为参赛人员众多，比赛分为小组赛和晋级赛。几个场
地同时比赛，主裁判为学院老师，边裁是羽协的学长学姐。成
安诚轻松地进入了八强赛，每次赛前成安诚都会在球场扫视一
圈，但都未能如愿。那次之后他没有再向李伊朵发出邀请。

八进四第一局，成安诚如往常一样，热身时候环顾四周，
结果依旧。几次防守下来，他略微有些气喘，这次对手和他不
相上下，想要打赢有些困难。他最终以 24∶22 输掉第一局比赛。
中场休息时成安诚认真思索着如何拿下这轮比赛，一个怯生生
的面孔出现在球馆大门，是李伊朵。

今天的李伊朵穿着雪白的短袖衫，胸前缀着一朵金色的小
花，刚到膝盖的裙子。李伊朵也看到了他，朝他微微一笑，选
择一个能看到赛场的位置。成安诚似乎忘记了第一场的疲惫，
兴致勃勃走上球场，所有练球的技巧在脑子闪现。一颗高远球
加网前小球，对手挑球失误，一记扣杀拿下一分。也不知道是
上一局对手用光了力气，还是成安诚这一局有用不完的力气，
局势反转过来，他以压倒性胜利拿下第二局。休息时间，成安
诚看向李伊朵，李伊朵向他比了大拇指和加油的手势，他真的

很开心李伊朵能来看他比赛，这比输赢还重要。

因为性格使然，李伊朵很少到人多的场合，这也是前几场比赛她没到现场给成安诚加油的原因，她很喜欢和成安诚待在一起，他能陪她一起平静，也能带她一起闹腾。李伊朵看着在球场挥汗如雨的成安诚，脸上满是笑意，那勾起的嘴角摄人心魄。她看不懂球，但也会因为成安诚进攻得分而高兴，为他防守吃力而紧张。最后一局成安诚以 27：25 赢下比赛，进入四强。

赛后成安诚第一时间来到李伊朵身边，接过李伊朵递来的纸巾和水，脸上洋溢着灿烂的微笑。"你等我收拾下，等会儿一起去吃饭庆祝一下。"成安诚将李伊朵带到球馆休息区，立马去换下湿透的球衣。李伊朵看着偌大的球馆，想起小时候打羽毛球的情景，那感觉还真不一样。

成安诚换好衣服出来，带着李伊朵走出球馆。

"你刚刚打球很帅。"李伊朵小声道，说完白嫩的脸上浮现一抹绯红。

成安诚听了这话先是一愣，随后不好意思挠挠头说："谢谢，你今天也很美。"成安诚一脸真诚地看着李伊朵。李伊朵脸颊上的绯红延伸到了耳朵。

短暂的沉默后，李伊朵说道："你能教我打球吗？今天看你打球让我感觉到了不一样。"

成安诚连忙说："可以呀，等你有空了我去约场地。"

"不用了，我们就在操场打，我打得不好。"李伊朵羞涩地说道。

"行！"成安诚愉悦的心情更上一个台阶，他不知道为什么，只要和李伊朵在一起，心情就会无比舒畅。吃过晚饭成安诚将李伊朵送回宿舍，一路哼着歌回到宿舍。

三天后，羽毛球决赛正式举行。这次成安诚带着李伊朵一同来到球馆，并给李伊朵安排了一个人少视野还不错的位置。随后成安诚来到赛场做起了热身，期间不时地看向李伊朵，她带着笑意的眼也正在看着自己，这不由得让成安诚打了鸡血似的。今天的比赛比之前的更加难打，说实话成安诚都没想到自己能坚持到现在，如果不是李伊朵，这局比赛都不会用尽全力吧。成安诚晃了晃脑袋，让自己保持高度紧张状态，比赛开始。对手的进攻角度很刁钻，看着要过界和落网的球硬生生停在了线上。十多分钟下来比分已经 16：8，场上的成安诚吁吁地喘着气，尽力防守着。李伊朵双拳紧握，暗暗地为成安诚鼓着劲。两局结束，最终比分 2：0，成安诚惨败给敌手。比赛结束后成安诚还是先找到了李伊朵，刚要说话，李伊朵抢着说："刚刚你那颗球真厉害，他那么使劲了都接不到呢。"成安诚笑着伸出手想揉揉李伊朵的脑袋，手却在空中转弯挠了挠自己。"你先等我一会儿，我马上回来。"成安诚转身跑向淋浴室。李伊朵脑海里浮现出成安诚的大手，刚刚她也没想过要躲开，反而有些期待。

五

比赛过后成安诚瞅准空闲就拉上李伊朵去打球，刚开始教得有模有样的，拿拍，击球，技巧……正式对垒的时候，成安诚故意发刁钻球，然后笑着看着李伊朵跑来跑去，惹得李伊朵嘟着小嘴闹着不打了。最后还得成安诚去哄好李伊朵的小情绪。练完球后，李伊朵说想去操场走走，成安诚便背着球拍遛起弯来。他们俩围着操场转了一圈又一圈，话题换了一个又一个，成安诚暖心的话语、贴心的行为，让李伊朵慢慢对他敞开心扉。

"说出来好受多了，谢谢你能听我说这些。"李伊朵笑盈盈地说道。

"不用谢，能被你当成垃圾桶是我的荣幸。"成安诚看着面前的李伊朵打趣地说道，"时间不早了，我送你回去吧。"

"嗯。"李伊朵轻轻地回应着。

送完李伊朵后，成安诚来到球馆，"安诚！"刚走进球馆的成安诚被叫住，"你最近不太对呀，来球馆时间明显少了？"学长缓缓说道。

"噢，最近有点忙，耽误了。"成安诚打着马虎眼。

"诶，我最近看到你经常和一个女生在一起，忙着谈朋友去了吧？"

另一个羽协成员打趣着说，随后一片哄笑。

"没有啊，别乱说。"成安诚脸上顿时火辣辣的。成安诚确实挺喜欢李伊朵的，但不知道怎么开口。

伙伴们看着他滑稽的模样，继续调侃道："喜欢别人就去追，扭扭捏捏什么，别耽误了别人。"说完又是一阵哄笑。看来成安诚不在的时候没少被谈论。

"小斌，你来，让我试试你进步没有。"成安诚对着休息区笑得最大声的同学勾了勾手。比赛的结果不言而喻，柿子还得挑软的捏。休息的时候成安诚脑海中总能浮现出她的笑脸，李伊朵在他心里地位已然超过了普通朋友，一个大胆的想法在他心里慢慢构架。

"学姐，咱这个球馆能出借吗？"成安诚一脸谄媚地趴在球馆前台。

"你想干吗？"学姐一脸防贼似的盯着成安诚。

"就想借用半天时间，布置布置，然后……"成安诚将自己的计划全盘托出，听得学姐脸上笑容不止。"行啊，你这想法还不错，周四下午球馆休息，到时候你来拿钥匙吧。"

"好嘞，谢谢学姐。"成安诚冲出球馆回寝室继续完善自己的想法。

"好久没去球馆了，明天下午你陪我去一趟呗。"成安诚一脸请求地看向李伊朵，看着李伊朵还有点忸怩，成安诚继续说道："你看你最近进步这么大，不想去球馆体验一下吗？"李伊朵点点头，表示同意。

成安诚心里暗喜，关键人物就位，其他准备工作也就不是大问题了。成安诚私下找到李伊朵的玩伴，邀请她们来学校玩，并让她们给李伊朵一个惊喜。周四中午成安诚将下午帮忙的伙伴们聚集到一起，简单分配了下工作就各自忙碌起来。

如果你说你下午四点来，从三点钟开始，我就开始感觉很快乐，时间越临近，我就越来越感到快乐。看着布置好的球馆，成安诚内心抑制不住激动地想，同时伴有一丝紧张，就在出神的时候，手机响了，电话里李伊朵生气地说："成安诚，你去哪儿了，我给你发那么多消息你一条也不回！"

成安诚面对电话里的嗔怒充满歉意地回答道："对不起啊，你现在在哪儿，我过来接你。""宿舍楼下，你过来吧。"挂完电话，成安诚交代好手里的事情，一溜烟地跑出球馆。接到李伊朵后，成安诚一路向她解释着原因，逗她笑，一点不敢怠慢。走到球馆围墙外，李伊朵发现球馆里面没有一点声音，便觉得有点好奇，回头问道："为什么今天球馆这么安静？"

成安诚迟疑一会儿说："可能都在上课吧。"走到门前，成安诚指着门口的二维码，说："这是球馆手绘的二维码，为了登记来打球的会员，你扫一下吧。"

"诶，你不是很久没来打球了吗，你怎么知道？"李伊朵一边掏出手机一边疑惑地问道。

"我是羽协会员哦，当然是在群里看到的。"

趁着李伊朵手机还在刷新着扫描结果，成安诚带着李伊朵推开虚掩着的球馆大门，映入眼帘的不是球网、球拍和运动员们，而是一个个手拿着鲜花的朋友们。偌大的球馆拆去了网界和哨台，在球馆中心用花瓣和彩灯摆放着的心形，首先就吸引了李伊朵的注意力，李伊朵刚想开口问什么，成安诚示意她看手机，手机上出现的哪里是什么会员登记，赫然出现是的一条视频，上面滚动播放着李伊朵和成安诚从相识到相知的过程，李伊朵捂住因吃惊而张大的嘴，抬眼便看到手捧鲜花的成安诚。

成安诚柔声说道："李伊朵，我喜欢你，做我的女朋友，好吗？"

李伊朵听到成安诚发自内心的告白，看到成安诚笨拙搞笑的样子，脸上顿时泛起了红晕，嘴角微微上扬，仿佛想要笑又不敢笑。

她环视着四周，感受到这美好的氛围，然后看着成安诚急切的目光，缓缓说道："我愿意，我愿意做你的女朋友。"

朋友的起哄声此起彼伏，成安诚紧紧地抱着李伊朵，生怕这得来的幸福偷偷溜走。两个年轻的心灵在今天相互纠缠在一起，将共同迎接这二人未来的旅程。

六

大学时期的恋爱时光都是幸福甜蜜的。他们一起吃饭逛街，跑步锻炼，一起泡图书馆学习，假期去游山玩水，去看未曾见过的风景，没有世俗的烦恼，两个人每天都无忧无虑。李伊朵在成安诚的影响下渐渐变得开朗活泼起来，凭借出众的艺术造诣受邀参加不少活动的设计与策划。成安诚则置身于学生会的社团工作，将上承老师、下泽同学的主旨深刻心底。

时间一转眼就到了大二暑假，"你暑假有什么安排？"成安诚牵着李伊朵的手问道。"应该会回家一趟吧，然后就回学校和你待在一起。"李伊朵环抱着成安诚的手臂温柔地说道。

"谁要你陪啊，我可是有计划的。"成安诚轻轻地敲了下李伊朵的脑袋，"我准备去找个兼职，整个大一除了组织的活动，我还没丰富自己的履历呢。"

李伊朵微微思索，点了点头："确实也该找点事情做了，那到时候我们一起去吧。"

"你确定你能吃得了苦？你那个小身板能干啥？"成安诚打量着李伊朵笑嘻嘻地说道。

"瞧不起谁呢！"李伊朵气鼓鼓地甩开他的手。

"好啦好啦，我错了，带你去。"成安诚重新拉回李伊朵的手漫步在校园中。

经过多方寻找和老师推荐，两人共同来到一家正在上升期的企业，这次企业临时招聘在校大学生为的是一个大项目的入户调查，需要到名单中的企业去收集并整理资料，形成上报文件交由业主单位。完成入职培训后，公司便将两人分配进不同的工作组中，成安诚负责企业入户，李伊朵负责资料整理，提取关键信息后完成上报文件。

　　起初两人还因刚接触这类新鲜事而兴奋不已，跟着负责人身后完成自己分内的事情。下班后还一起分析各自工作还有哪些需要注意和改进的地方。时间慢慢过去，两人对自己所负责的事情开始得心应手，也从负责人那里学到了不少工作之外的事情。没了刚接触时的新鲜感，工作中的疲惫渐渐侵蚀了他们。

　　"安诚，我跟你说，今天整理资料的时候，啥有用的信息都没有，愁死我了。"李伊朵嘟囔着，不等成安诚回答，李伊朵接着说道，"还有哦，今天和我们组长聊了聊，觉得我还不错，问我毕业以后要不要来公司上班，我还没有回复呢。"

　　成安诚听着李伊朵有一搭没一搭地说着。他今天也确实累瘫了，分派入户的企业都是大型工厂，资料文件成堆成堆的。成安诚愣了愣，捏了捏手中李伊朵柔嫩的手说道："资料这块呢有些小企业确实没有，有点用的资料就将就填上吧，到时候写一个情况说明附上。通过这段时间的工作我也接触了不少企业员工，也沟通交流了一下，毕业后市场的就业压力还是很大，我想去考研，再提升下自己的学历。"

　　李伊朵听了成安诚的话，停住脚步，看向成安诚："你想好了吗？"

　　"嗯，想好了。"成安诚有力又肯定地回答。

　　李伊朵莞尔一笑："想好了就去实现吧！"

　　随即她拉着成安诚在空旷的街道上奔跑起来。李伊朵并不是想阻拦他，而是她知道考研这条路注定是不容易的，没有充分的准备是赢不了这场博弈的，她这样问就是为的坚定成安诚的决心。实习期很快结束，项目也进入收尾阶段。在欢送会上，项目组组长致辞，感谢积极参与到项目中的大学生们，不光给项目组增添了活力，更为项目的推动贡献了自己的一份力量，同时也希望在座的各位有更好的前程，毕业选择就业的同学能直接到这里就职。同学们感谢公司给的这次机会，已经选择考研的二人十分感谢公司提供的宝贵实习机会。

　　备考的时间是枯燥乏味的，两人除了吃饭睡觉几乎时间都泡在图书馆，减少不必要的社交和娱乐活动，最大的放松便是每周固定时间在球馆的锻炼，疲惫在汗水的作用下被冲得一干二净。

七

　　两人考研终究出现了分岔路，成安诚落榜了。两个相约考研的人只有一人成功上岸，成安诚最终还是接受了现实，为了减轻家庭的压力选择了先就业再复习考研。因为，前面备考错过了去实习单位的机会，最终只找到了一个处于拼搏期的企业，公司规模不大，却在领域内属于新兴产业，具有很好的发展预期，跟着这类公司一同成长，能磨炼出坚强的意志力，也更能将学习的知识充分磨碎再吸收……工作之余，成安诚与李伊朵时常交流情感，成安诚告诉她，自己一定能考上和她一样的学校。李伊朵也表示肯定的答复，一定会的。可是繁重忙碌的生活让成安诚没有足够的时间备考，考研二战三战接连失利。这天成安诚做出了一个决定。"伊朵，我不打算考了，现在公司发展挺快的，等你毕业我也推荐你来公司怎么样？"成安诚在电话里兴奋地说。李伊朵眉头微蹙，却也没说什么，只是支持他所做的决定。李伊朵在学校因为踏实认真，深受学校导师的喜爱，导师推荐她就在当地的公司工作……

"你想好了吗？"成安诚在电话那头，听着这个消息，平静地说道。

"我还不知道，所以想听听你的建议……"李伊朵也不知道自己应该做出怎样的决定，怎样才是正确的。

"我觉得你那边公司肯定有着很好的发展前景，要不就好好考虑一下导师给你的推荐吧。你奋斗到这个阶段，就是为了更好的生活目标，不要给自己留有遗憾……"话还没说完，成安诚就被催促着手里的工作，只得挂了电话投身于工作中，但是内心久久不能平静……

最终，李伊朵接受了导师的推荐，选择了一条追求自己梦想的道路。两个人也终究因为各种差异产生了一条彼此都不愿触碰的鸿沟。

公司的飞速成长期，成安诚在公司也是挑起一方重任，但生活这把锋锐的尖刀已经消磨了成安诚的斗志，他渐渐感觉到他和李伊朵已经走向了不同的人生轨道。两人也时常会因为鸡毛蒜皮的小事在电话里吵得不可开交或者是长时间的冷战，再也没有学校恋爱那般彼此迁就。更因一些观念的不同，成安诚与李伊朵的矛盾开始日趋加大，变成了压死骆驼的最后一棵稻草……

八

转眼许多年过去，偶尔成安诚还能在朋友圈看到她的动态，他没有任何的评论、点赞。不打扰是成安诚最后的温柔。

人生中总会有很多这样的插曲，没有什么选择是正确和不正确的。如果能向前，那就一定要努力奋斗，追求自己认为最好的。或许多年以后，回想起来，如果选择另一条路，会是什么样的生活呢？

一

坐上去学校的绿皮车，已经三月份了，天气依旧寒冷，天空中甚至还飘起了雪花，但车厢内的温度还算适宜，旁边大叔的打鼾声和前排小孩子的嬉闹声越发让我感到烦躁，恨不得马上去捂住他们的嘴巴。我不耐烦地转过头，倚靠在车窗玻璃上，迷迷糊糊地睡了过去。

"到站了，到站了！"乘务员的声音将我从睡梦中拉了回来，我睁开惺忪的双眼，车窗外的土色映入眼帘，自言自语道："哦，已经到站了……"

我拖着沉重的脚步，拉着行李箱踏上去学校的路，此时的行李箱也变得更重了，一想到要乘坐三次地铁，转两次公交才能到学校，我不由得就开始抱怨：什么破学校，这么偏僻，谁来上啊！我暗暗发誓，一定要离开这个破地方，荒漠里开不出玫瑰，而我的梦想，也不应止步于此。

今年是我读大学的第三个年头，站在大三这个岔路口，我也开始变得惆怅起来，到底是"考研"还是"就业"，想必谁都会迷茫吧？辅导员一直建议我们考研，但我还在纠结，怕失败后的冷嘲热讽，怕失落后的无法自拔，当然，更担心一个没有工作经验的人在社会中会栽多少跟头……

我在大学认识的第一位好朋友——M哥，在我的印象中，他是一个乐于助人、勤劳诚恳的人，每次见面都笑盈盈的，稍微有点婴儿肥，前前后后也向我表白了三四次，虽然他好像每次都很认真，但我只适合和他做朋友，这一点也和他强调了很多很多次。可是他都听不进去。

当和M哥说起考研的事情，他说："想考就考呗，不考不后悔就好。"随后他沉思了，他也在思考，何去何从。

我说："那就考呗，就当是一次经历喽。"

"那你想好考哪个学校了吗？"

"准备去南方看看。"我慢悠悠地说。

"想去就去，不留遗憾。万一考上了呢？"

"好，明天就去图书馆占位置，七点就起，冲冲冲！"

就这样，我们不约而同地决定一起考研，我选择了四川，而他选择了新疆。我们约定每天如一日，七点前准时去花园打卡，就这样每天坚持，一直持续到了五一放假。

平时我们会交换各种复习资料和考研信息，他也会偶尔在闲聊的时候给我们讲讲政治，我们给他起了一个外号——"政治家"，每次拿这个开他玩笑，他好像还很满意这个外号，乐在其中。

　　和我一起备考的还有旁边宿舍的一个女孩，她叫苗苗，是一个小个子，剪着齐耳短发，一看就是很乖巧的邻家小妹，虽然她看着小，但学习是我们班最刻苦的，每天准时六点半起床去图书馆或者花园背书，雷打不动，中午趴在图书馆的桌子上睡一会儿，困意也就消失得无影无踪了。俗话说得好："一日之计在于晨。"久而久之，我好像也被她的勤奋影响了，看她背书，我也背书，看她刷题，我也跟着刷题。似乎我就是另一个她，有点迷失真正的自己了。

　　后来我遇到了一个人，彻底地改变了我和我的想法……

二

　　今年的春天来得意外的早，即使在西北，校园花坛的花儿也争相开放。西北的春天多风沙，会在某一个不经意的下午就黄沙漫天，这是西北独有的特色。很奇怪，心情也会随着天气的变化而变化。大太阳和雨雪从来不会带来烦恼，但赶上刮风、沙尘就会令人很烦。

　　记得有一次上课，室友在寝室群发了一条表白墙信息，艾特我看,依稀记得是这样说的:本人男,研一在读,爱好爬山、跑步、书法……只记得这些了,下面还附了联系方式。室友小嵘说:"小晴你快看,好像挺符合你的'标准'哎。"我看好像也是,就加了他好友,然而那边却迟迟没有回应。我也没有想太多,或者说已经把这个事情忘记了。在图书馆学习了一晚上,抬起手机看了一下时间,已经快十点了,等会儿,QQ 有一条消息,我有点惊讶又有点期待,连忙点进去,看到他已经同意我的好友申请了,消息是这样的:"对方通过了你的好友请求,现在我们可以开始聊天了!"

就这样,我们便开始寒暄了起来。刚开始谁都很好奇对方到底是一个什么样的人,他先开始自我介绍起来:"我是林夕,金城研一在读……"他向我介绍了他的名字,家乡,学校……我只向他说了我的名字和我打算考研的想法,他给了我许多建议,也讨论了很多学习方面的问题。

在我们成为好友的第三天晚上,我从图书馆回来,洗漱完毕后,躺在床上,听着陈鸿宇的《理想三旬》,QQ 突然弹出一条他的消息,他问我:"洗漱好了吗? 我们找个时间见个面吧!"当时,我只记得自己一瞬间有点猝不及防,便拿我要考研,没时间而搪塞了过去。尽管他在尽力请求,但我还是没有做好要见面的准备。不知道他会不会继续执意来见我,所以我赶快转移话题了,在这之后的几天里,他也再没有提过见面的事情,可能害怕再一次被拒绝吧!

真的是！我的担心根本不算什么，第二天下午，我给他随口说了一句"下午没课"，他很快回了消息，问我有没有空。

"那我去找你？我正好有时间，今天和导师请了假，出门散散心，机会难得哦！"

我整个人惛在电脑前，因为还在修改上课要讲的PPT，就说道："还机会难得呦！"他又说："你要是不愿意就算了呗，其他时间我也可以的，只是今天正好有空。"

鬼才信你说的今天正好有空，肯定是早有预谋。聪明如我，我又开始转移话题，连忙说："出门散心可以选择中山桥。"而他也很配合，说："正有此意！"

我们依旧每天聊天，只不过聊天的内容更加深入了，不知道他怎么看出来的，可能那天聊到一些伤感的话题，我表现的情绪不太乐观吧，所以他说我是一个悲观的人，而我迟疑了一会儿，说："悲观……好像有点吧！"

他忽然话多了起来，和我说了很多很多。

"不要过于关注那些灰暗的东西，多看看阳光和美好，我以前也很悲观，总是多愁善感，优柔寡断，回忆往事，感慨这个世界。每当回忆往事的时候，总是遗憾当时为什么没有再努力一点，以至于后面想起总是追悔莫及，总是埋怨自己当初为什么没有决绝一点，不然现在可能会更好，于是越想越苦恼，越想越觉得自己活得很失败，越想越难过，以至于陷于过去，总是一副看破大千世界的样子，总是觉得生活没有什么意思。

可每次想到亲人总会不忍心，总觉得自己的想法太过自私幼稚。其实我是一个不善交际、不善言辞、不喜热闹的人，对别人的热闹总是习惯避开，一个人宁愿孤独也不愿意在喧嚣中。"

我不知如何安慰眼前这个自卑的男孩子，只是淡淡地说了一句："孤独是人生常态，要学会与自己和解，与世界握手言和。"

他并没有回应我安慰他的话，而是又和我说起他初中的故事。

"初中的时候，一个人来到完全陌生的地方，只是为了拥有一个更好的读书环境，也为了能够在最优秀的环境里求学，周围都是陌生人，看着其他同学都是三五成群欢声笑语，我总是一个人默默看着，觉得教室闷了，课间出去走走，趴在栏杆上看看外面，也算是歇一歇眼睛吧！即使心中有万千思绪，也从不吐露半点，只是努力控制情绪，压抑表达欲。我的成绩在班上看起来不算很差，让我表面上总是有人围着，似乎看起来很热闹，人缘很好的样子，自信满满，春风满面。实际上，也只有在给别人讲题，在讲台上看着别人投来崇拜目光的时候，才能感到一点点满足。初中三年，优异的成绩让我看起来荣耀加身，但这些痛苦都由我自己默默承受。

"到高中之后，虽然被分到尖子生班，但相比初中的光鲜亮丽，高中的我就像是班上的一个小透明，幸亏身为班委的我还会有一点存在感。每次看到喜欢的女生总是会低下头，默不作声地与她擦肩而过，也不敢去表达自己的喜欢，我对她的喜欢压抑了三年，但我始终没有对她表白过，我想等高考结束，等高中毕业，就能无忧无虑地在一起了，但幻想始终逃不过现实，我记得毕业之后，有一次在集市相遇，我是有机会向她吐露心声的，可我只因为头发有点乱就向她撒了谎，我说，前面有人等我，而她，也没有挽留我。由于我的懦弱，我再一次与她错过，谁知道这次告别，会是一辈子……"

听到这儿，我为一个"陌生人"的故事流下了眼泪，那是多么青涩的时光啊！情窦初开的两个人还是错过了……

我想不通他到底经历了什么才变得如此自卑，如此安静。我也想说一些坚强或是励志的语言来安慰他，但此时此刻，确实起不了多大作用……

接着他又和我诉说起他在大学的经历：

"记得刚上大学的时候，我依旧如高中那般模样，但我发现来自五湖四海的同学都特别热情，而我好像在这个大环境下也慢慢地改变着自己，因为我已经意识到再这样下去就会越来越不堪，越来越孤僻，也极有可能会抑郁，所以我刻意地去和同学说话，去主动交很多朋友，我还去学校的工作室和老师一起工作嘞！

"也就在大学期间，我结识了这辈子最好的兄弟——一个满族小伙，我亲切地叫他超。大学四年，我们如亲兄弟一般，有福同享，有难同当。但大学毕业的时候，我选择了考研，而他去工作了……现在还有点想他呢，我们毕业后就没有见面了！"

他说完这些往事，已经凌晨三点了，我不知道说点什么才好，他忽然反问我："你呢？可以分享一下你的过去吗？"

我思考了一番之后，给他发了一个苦笑的表情。

我的过去……有什么好说的呢？反正都过去了。

但是又想到他毫无保留地和我分享了，我还有什么好隐瞒的呢？很多时候，把这些往事做一个归纳总结，对过去说再见，对未来说你好。我也和他谈起了我的高中和大学。

"我高中的时候也和你一样，不敢表达自己，总是缩在墙角，把自己封闭起来，在很多人看来，我在默默学习，但也只有我知道，只是把老师安排的任务完成了而已。看着喜欢的男生总是低着头，等他走远才敢抬头看一眼，心里早就像小鹿乱撞般欢喜，青春期啊，多单纯，多美好！可惜已经回不去了。

"记得高三的时候，每周、每月都会考试，月考成绩会在大红榜上公布，看完自己的成绩，每次我都会去关注他的成绩，我当然要和他一起进步。其实他是知道的，我一直默默关注着他。有一次，他问我，还差 100 天就要高考了，紧张吗？我说，不紧张啊，按部就班复习肯定会有好结果的。其实我的内心是想说，有你陪我一起高考，我肯定不紧张呀！我又问他，你想去外省读书还是在省内读啊？他迟疑了，说，看高考成绩吧，如果允许的话，挺想去外面的。当时的一句话特别流行：拼搏百天，我要上××大学！五六月的天气已经渐渐变热了，坐在闷热的教室，老师还在强调最后的考试注意事项。但同学们已经厌烦了。

终于，高考随着英语考试结束而落下了帷幕。随之而来的就是选专业，选学校，等成绩出来，直接六月底报志愿了。很不幸，他没有发挥好，最擅长的物理也才考了 80 分，看来只能读本省的学校了。最后，我们不约而同地报考了同一所学校，幸运的是，我们都被录取了！他一边和我诉说着被录取的消息，一边问我愿意成为他女朋友吗？我被这句简单的告白震惊了，相处了这么久，终于和我告白了，好开心好激动啊！在手机面前的我早已羞红了脸。

"九月份就要离开家乡去大城市读书了，想到和他一个学校，心里早就乐开了花，想早点到学校而和他见面。我和很多同学说了我们被录取到一个学校的事情，他们都表示羡慕。但到了第二学期，他就变得不爱和我说话，我们也吵架，因为那些鸡毛蒜皮的小事。

"一直以来，你逢人就炫耀的玫瑰，枯萎了该如何收场。是啊，那我要如何挽留？有句话说，风决定要走，云要如何挽留。人啊，总是不能摆脱新鲜感所带来的冲击力，没错，他移情别恋了！

"自从和他分手后，我就没有勇气再去爱一个人了，不敢再对任何人付出真心和全部。我也开始改变自己，通过学习化妆、健身等让自己变得闪闪发光。我说，爱自己是终生浪漫的开始。先学会爱自己，再学着去爱别人，爱值得被爱的人！"

和他说完这些已经凌晨四点半了，我们却没有丝毫困意，他说："不用担心，有我陪着你呢！凡是过往，皆为序章，忘记过去，重新开始吧！我会陪你一起的……"

那天聊了很多，我也从聊天过程中大概了解了他一些，虽然未曾谋面，但脑海中浮现出的他，应该是一个憨厚，正直，有上进心，有耐心的大男孩吧！

忘记我们后来又聊了些什么，总之聊得很开心。他总是在我的思想快要偏离正确方向时，第一时间发现，赶快把我"拉"回正确的轨道。

不知道为什么，和他聊天的时候，时间也变得飞快，当我刻意看时间时，已经早晨六点多了，再抬头瞥一眼窗外，哇，远方的天空已经鱼肚白！我们居然聊通宵了！更何况，我们都没有和自己的亲人聊过通宵，这还是一个"陌生人"呢？

他说有一首小诗送给我：

这里荒芜寸草不生

后来你走了一遭

奇迹般万物生长

这里是我的心

虽然我不太确定是什么意思，但大概已经知道了。

说不清这会儿是早安还是晚安了，还是互道了祝福的话，就沉沉地睡去了。

第二天，我起床已经很迟了，才发现他已经给我发了很多条消息。

他说已经去实验室了，还给我录了好多学校的风景视频，我认真地看完每一条视频和每一条消息，当然，最后是和我表白的，最后一句说："和你聊了这么多才发现你就是我一直要寻找的那个人，你已为我打开心结，你愿意做我的女朋友吗？"

我没有直白地表达我的想法，没有答应，也没有拒绝。我说，等我考完试再说吧。

但我们之间好像有一种说不清道不明的关系，难道这是心有灵犀？

我们约定好在五一见面。而我恰好又在五一期间报名了车展的销售专员，不出意外是要连续工作五天，这也算一次实习经历。真的好巧不巧，当天下午下班，别克的人事部经理说明天让我们去东风日产，在那边，可以先适应一下，如果不愿意就算了。我想，那我就去两天车展，其他时间和他见面畅聊。

已经五月二号了，那天下午我们约定好在广场见面，毕竟是和一个陌生的男生见面，表妹担心我的安全，索性把她也带上。广场很大，我和表妹的方向感都不好，所以他说通过共享位置来找我们，看着距离越来越近，我好像看到他了。

他也看到我们俩，主动过来问我："是小晴吗？"

我说："是的，是的。"一时间有点紧张，没有说太多话。

他早已订好吃饭的地点，带我们去了在广场附近的火锅店。也许是当天吃饭的氛围比较愉快，不知不觉就到了十点多，学校宿舍已经回不去了，只能在外面住宿了。

只是不巧！当天附近住宿的地方都没有了，幸亏他带了身份证，不然我们可能连网咖都进不去。

说起来这次见面，第一，没有想到会"夜不归宿"，第二，更没想到是在网咖过夜！其实忽略地点，很特别，很美好！

此时此景，我们稍显尴尬，所以看了一部当期热播的电影《送你一朵小红花》，我说，我想打游戏，他说他不打游戏，不感兴趣。但还是为我下载了我爱玩的"和平精英"，他打游戏好笨哦，听说男生这方面挺厉害呀，怎么还不如我！

到凌晨三点多，表妹已经睡了，可能大家都有点困了，电影还没有播完，我的眼皮已经开始打架。

"好困呀。"我说，同时，转过头看向了他。

他说："困就睡一会儿吧。"接着他向我示意可以靠在他的肩膀上。但我好害羞哦，昏暗的灯光下，我的脸早已红得像颗樱桃，幸亏我的头发半遮着靠着他那侧的脸，我想他应该没有看到吧，在这个充满暧昧的氛围里，他主动牵起我的手放在他那边，我下意识地往回缩了一下，但他好像感觉到我的手要离开而攥得更紧了……

第二天，我们很早就醒来了，去赶六点半的地铁，各自回到了学校。

五一小假期就快要结束了，五月四日，也就是我们的第二次见面，我在之前就告诉他一直想去老街。所以我们约定在近老街的地铁站 A 口会面。由于我离地铁站比较近，我就先到了。

大概等了他十来分钟，我在地铁站出口看到一个身穿灰蓝色上衣，灰白色裤子的男子迎面向我走来，最亮眼的是他手里拿着用橙黄色纸包起来的一束花，仔细看是有满天星、香槟玫瑰、向日葵组合的花束。

我还没回过神来，他已经走到了我的面前，他温柔地对我说："呐，送你一束花，你说真正的恋爱要从一束花和一场正式的告白开始。"我笑了一下，对他说，好啦，这么多人看着呐！

我接过他手里的花，满心欢喜地和他一起去了老街。

他问我，你知道我为什么会送你向日葵吗？我摇头，他又问："那你知道向日葵的花语吗？"我又摇头，他说："向日葵代表着——入目无他人，四下皆是你。"

我已经被他感动了，他真的好用心哦！

他是一个好老实的人，和我并排走在一起，连什么肢体动作都没有，我想，可能是他怕我生气，或是他的懦弱而不敢牵我的手？没有想象中的糖衣炮弹，更没有亲亲抱抱举高高的亲密举动。

我们一边逛街，一边聊天，在路边看到一家可移动的奶茶店，最重要的是可以写下一个小心愿挂在那颗樱花树上，我们过去后，店员很热情地招呼我们，问我们要喝点什么，我们点了不一样的口味，随后写下了自己的心愿，当然，我写了"考研加油，一战成硕"，他写下了"青春启始，愿与你共渡"。

继续向前走，经过一家"见字如面"的店，我们同时停下了脚步，准备进去一探究竟，原来是一家用自己名字定制手链或项链的店，他说要选一个当作项链，也算是送给我的见面礼，他自作主张选了带有我们姓氏的"小金条"，店员小姐姐给我们穿好绳子，他让我低下头，说："我给你戴上。"他给我戴项链的那一刻，真想一头扎进他的怀里，但我的潜意识告诉我，不行！这是公共场合耶！

从那家店出来已经晚上十点多了，显然，这会儿回学校已经来不及了。他也是笨得可怜，还问我："你要回学校吗？"我在心里已经骂了他千遍万遍，已经这么晚了，就算回去，我也进不去寝室了。

他说："那我订两间房吧。"

"你身份证拿了吗？"

"我没拿。"

"那就只能订一间了，到时候你跟着我走就好。"

当晚附近的房间都没有了，只有去他学校那边住宿了，正好第二天去他学校吃饭，最后还是订了要跨三个区才能到的酒店，我说，要不我们骑车过去吧，吹吹夜晚的风，边走边聊天……

他在前面带路，我紧随其后，三个区的路程我们骑行了一个半小时，在路上他一直提醒我走在他右边，这样就算后面来了车也不用担心我的安全。记得有一段路比较颠簸，我把他送我的花放到了车筐里，由于车子没有骑得很稳，所以花掉在了地上，就在这时，一个外卖小哥骑着小电驴疾驰飞过，我担心他轧到我的花,就大喊:"小心我的花,别轧到了。"那人还以为我要干嘛,也停了下来,问我怎么了,我微笑着对他说:"哦,没事,就是害怕你骑车太快轧到我的花!"说完,外卖小哥扬长而去,我们也慢慢悠悠地到了酒店。

停下车,他去前台做登记,我没有和他一起进去,我说,你一个人去嘛,登记好了直接叫我进来,我不好意思进去。

他告诉我楼层和房间号之后,我就顺着找了过去,我看到他就在楼梯口等我。

"在前面,倒数第二个房间,我看了一下,还挺大的。"他边走边和我说。

"那挺好啊,我直接睡地板,或者沙发也行。"

他紧张了起来,连忙说:"那怎么行啊,你一个女孩子,睡地下会着凉的,要睡也是我睡!"

我附和着说:"好好好,你睡。"

我们俩都笑了起来……

可能他真的缺少那根弦吧,都在一个房间了,竟然什么也不敢做!我都替他着急。那能怎么办呢,总不能要我主动吧!不过,这也足以看出他的真诚,并不是那种单纯地为了寻找刺激的人。他甚至有点儿紧张,不停地喝水。他问我要不要洗个澡,我说你先去,他就脱了衣服,光着膀子向洗漱间走去,大约十来分钟他就洗好了,吧嗒——洗漱间门打开了,他上身裸露,下面裹着一条白色浴巾,从洗漱间走了出来,往我身边一坐,说:

"快去洗吧，水温刚好。"他的头发不短不长，发丝还在滴水，面部红润，还散发着洗发水的香味，极具诱惑力。

等我洗完出来后，他已经躺在床上，他说让我躺到他的旁边，我思考良久，到底怎么办。

终于，我说："要不我睡沙发吧！"

"不行，会着凉的！"他的语气很坚定。他起身看着我，示意我睡到他旁边。

我说："那好吧，我不脱衣服了。"

"不脱衣服怎么行啊，解乏！"

"那我不管，我不乏！"

最后我还是睡到了他的身边，我的小心脏犹如策马奔腾般，久久不能平复。我侧过身，背对着他，他怎么也靠过来，还把一只手放在我腰间，搂着我睡？

我忽然就在害怕，他会不会对我做些什么？绝对不行，我的内心已经开始抗拒。随后我让他把手拿开，我说："快睡吧！"

荷尔蒙的真诚，潜意识地克制。我能感受到他也很紧张，可能这是他第一次和女生同床共枕吧！不是可能，是第一次！

第二天早晨，我很早就醒来了，不知道怎么地，把他也吵醒了，他睡眼惺忪地看着我，我说："你醒啦！"

他没有说话，静静地看着我，和我聊起了天。

可能是我说了令他伤心的话，我忽然听到他在小声啜泣，不知道怎么去安慰身边这个受伤的大男孩，于是我翻过身一把搂住他的脖子，为他擦干眼泪，而他也按捺不住内心泛起的阵阵涟漪，对于这个躺在自己身边，近在咫尺的女生做点什么。

他托起我的胳膊，深深地吻了我，多柔软，多绵长啊！空气在此刻凝固，连世界都是甜味的。

缠缠绵绵，匆匆忙忙，我们要出发去他的学校了，我去卫生间上厕所突然发现脖子怎么有一个红印子，好气哦，衣服也遮不住，要是让同学看到了，我怎么解释啊！

他说要和我互换衣服，他的外套有领子，可以遮一点，于是他穿了我的绿色卫衣，我穿了他的灰色外套，一起去了他的学校。

作为理工科院校，他的学校的确没有多少女生。我们在学校食堂吃了饭。我是一个缺乏安全感的人，毕竟我俩不在一个学校，我也不知道他是不是那种自己学校有女朋友，又跑到别的学校撩妹妹，脚踏几条船的男生。虽然从目前的了解来看，他不太可能是那种人，可这种事情谁又说得准呢？

我和他一起逛了他的学校，中午在人流量最大的食堂一起吃了午饭。虽然味道一般，但至少能打消我对他可能脚踏几条船的顾虑。

那天很热，还好他去寝室拿了伞，逛完学校已经两点多了，我说要回学校了，他有点恋恋不舍，问我下次什么时候过来，我说："我要复习考试，要和你肩并肩，哪有那么多时间玩啊！"

"下次来提前告诉你哦！"

他把我送到地铁站，我坐上回学校的地铁后，他才回去。

到学校后，我一直都在努力备考明年的研究生入学考试，而他也在实验室帮着他的导师做科研任务。尽管如此，我们依然保持着平均半个月一次的见面频率，大多数时间他会过来找我，我带他去学校对面的小吃街吃饭。虽然，刚开始我依然对他充满戒心，不过，他也一直在尽最大努力给我安全感。虽然很笨拙，但也能看出他的诚意满满，是真的想和我走下去，一直一直走下去，我也在他一次次内心真情实意的表白中一点一点试着接受他。有他的陪伴，我的备考之路并不孤单，很多次的挣扎都有他在背后默默支持着我。

后面他忙着写毕业论文，我忙着复习考研，各自努力，偶尔向他倾诉一下我近期的苦恼，他总是会很耐心地为我答疑解惑。

不知不觉，考试日期临近。没有订到房间的我和他诉说着我的苦恼，他不厌其烦地帮我找附近的住处，终于找到了一家距离考点很近的酒店。因为有他的帮助，我这颗悬着的心才算平稳落地。为了让我能够安心备考又不至于一个人害怕，他预定了一间双床房，说考试那两天，我们俩要分床睡，为了保证有足够的睡眠应对考试。

考试前一晚，他还在帮我复习巩固。我早已无心看书，二人共处一室，让人不由得想入非非，但他表现得异常镇定。其实能感觉到他在努力克制自己，为了能够让我顺利考试，他一个人睡到了另外一张小床上。屋子里面很冷，他总是先把我的床暖热让我睡了他再去睡。

为了让我一心准备考试，每天早晨他会早早起来下楼买早餐，带回来一起吃。那是我第一次喝胡辣汤，虽然在他看来，比起老家的胡辣汤味道差远了，但我却很喜欢那天早上的胡辣汤，是我喝过最好喝的胡辣汤。

每一场考试他总是会把我送到考点的校门口，然后对我说："加油，一定可以的！"虽然已经竭尽所能复习到了所有的知识点，但是依然有一些没有顾及到的知识点被考到了。不过整体还算顺利。随着专业课考试的结束，考研大战落下帷幕，这一年的酸甜苦辣全部在那四份答题卡里了。他说让我先不要回家，要和我一起跨年。

考完那天我回学校从图书馆拿回了备考的书，紧张又不平凡的一年也结束了。

跨年那晚，我们去电影院看了电影，吃了烤红薯，烤鸭，还有很多零食。回到酒店，他说："已经考完试了，你答应过我的，等考完试就和我在一起。"他要向我表白，他拿出他折的一束玫瑰花，看得出来，他很用心地买了包装纸，和几束满天星包在一起，他单膝下跪，把花举到我的胸前，对我说："阿晴，你愿意做我女朋友吗？"我已经被他的诚意所打动。我接过花，对他说："好啊！"

我拉起他的胳膊，他终于也按捺不住了，顺手把花放到桌子上，迅速地把手放在我的腰间，抱住我带着哭腔地说道："你知道吗，我等这句话很久了，终于等到了。"

我捧起他的脸，为他擦干眼泪，对他说："对不起，让你久等了！"

他抱起我，把我放到床上，还没回过神的我已经被他推倒，接着他的身体慢慢地靠近我，用他坚实的身体压倒我，他的呼吸也紧张起来，问我："可以吗？"我有点害羞地看着他，用力地眨眨眼，意思是可以。

我看到他慢慢地凑过来，我闭上眼，静享这浪漫温馨的二人世界，他的嘴唇还残留着清甜薄荷香味，刚开始他还温柔地拉扯着我的衣服，看我没有抗拒，就索性解开我的衣裳，随后他的手在我的每一寸肌肤间游走……

本来第二天就要回家，他求我再陪他一天，我只好改签到后一天，我们又去了几个地方，这个冬天虽然寒冷，但有你在，我就会被暖得很热。

三

几乎一年都没有回家的我，这次终于能轻轻松松回家了。回家之后，约了三五好友在家附近的景点玩了几天之后，就立即投入复试备考中，那些对着镜子练习自我介绍，录视频找自身问题的日子历历在目，我认真整理复试专业课笔记和英语问题，终于在考试前也能熟练地说出几段流利的英语。

四月初的复试结束了，结果很快就出来了，第二天我在花园和学妹聊天的时候，研招网忽然给我发了一志愿待录取通知，是的，被录取了！我考上了！终于可以和他肩并肩了！

五月底就要拍毕业照了，我和他一起毕业，我们约定一定要一起拍照，就在他的学校。

那天我穿了他喜欢的白色裙子和粉色领子的学士服，他穿了硕士服，我们拍下了彼此最珍贵、最值得纪念的照片。

感谢他在我大三的时候出现，陪我考研，陪我毕业。在我迷茫时为我指点迷津，在我遇到困难时竭尽全力帮助我渡过难关。

谢谢你，林夕！

六月毕业季。我们都要离开学校前往下一个人生阶段了，他已经签约了一家上市公司，而我也要去新的学校继续求学了。

我祝他前程似锦，他祝我学业有成，我们一起奔向未来，向下一个山海出发……

一起离开浪浪山，一起去远方看看……

花落
花开

一

2016 年，我第一次遇见她，是在和我的爸爸妈妈吵架后，我偷偷地跑了出来，在角落里抽烟。

那时我还不会抽烟，呛得我鼻子酸。

抬起头，就看见一个小姑娘在看着我笑。白色的碎花裙，乌黑的头发，白净的皮肤，傲骄的我瞪了她一眼，这一眼，却一眼万年。

第二次见到她是在学校的墙外，那个平常看起来文文静静的乖乖女孩，没想到还有胆量逃课。

我微微挑着眉，嘴上没好气地说道："真晦气。"

其实我心里在说，好巧。

高二的那年，她告诉我说她父母在她很小的时候就离婚了，已经有十多年了，这次她的妈妈回来准备把她带走。

听到这个消息的那一刻我的心情很复杂，也不知道应该替她感到高兴，还是为她感到担心。

那晚她对我说了很多她家庭的事情。

父母的不理解，对她的不重视，还有她和外婆的相依为命。

我听得胸口有点发闷。我有点心疼她。

因为我知道在她很小的时候，父母离婚给她造成了很大的心理阴影。

就在那天晚上，我突然有了给她攒够钱帮助她学舞蹈的冲动。看着脸上洋溢微笑的她，谁能想到她的心里是那么压抑。

过了段时间，她的病情越来越严重了，突然有一天她对我说想要去看看海，她说不然怕是这辈子都看不到了。我听后眼角开始泛酸，问道："你脑子有病吗？说这些话。"

再后来为了实现她看海的这个梦想，我开始在网上搜索攻略，拿赚到的钱带她去看了一次大海。

在看海的那天，海风吹得特别大，她和我说她不想活了，不想坚持下去了。

此时此刻我好烦，这场风太大了，好怕这场大风把体弱的她吹走。

我突然发现她瘦了好多。

那天晚上我在她面前哭了，那是我第一次在她面前哭，我的眼睛里都是眼泪。

我对她说道："别怕，有我在，我们一起加油，好好地治病，我陪着你。"

到了高三的那年，她答应了她妈妈。决定等高考结束后就陪着她妈妈一起走。

在考试的前夕，我们一起奋斗一起努力，那段时间我几乎每天都和她在一起。

她和我说她想去上海上大学，因为在上海能遇见更好的人和事。那一年我们都很努力。

可是人生处处是意外。

在高三的一次演出中，由于我的疏忽，她不小心摔下了楼梯。

她奄奄一息地倒在血泊里，那一刻我真的害怕了，我的心脏传来一阵剧烈的疼痛。

我重复着一句话："坚持住，坚持住，一定要撑下去……"

赶来的救护车把她拉走了。在救护车上，我用力地握着她那软绵绵、没有一丝血色的双手。那是我们第一次牵手，我用力地握着，就怕一松手就再也抓不住了。

送她到医院之后，过了没多久，她的父母便急匆匆地赶了过来。

她的妈妈很漂亮。在手术室外，我们聊了很多。我是以她朋友的身份，以一个18岁刚成年的人的身份对着两位大人控诉。

……

最后，我一身瘫软地坐在地上一声不吭，直到医生出来说她已经脱离生命危险了，我才长长地舒了一口气。刚要起身去外面打算给她买一些日用品和营养品，我两眼一黑，倒在了冰冷的地上。

当我再次醒过来的时候，我的身边白茫茫的一片，我已经躺在了医院的病床上，医生对我说，我生病了，但病情目前还不清楚，需要住院慢慢检查，慢慢观察。

过了没一会儿，我的姐姐就推开病房的房门跑了进来，我有些难过，有些诧异。

我的爸爸妈妈常年在国外，所以我和他们的关系并不好，平常只有我和姐姐两个人。父母他们只负责提供给我们钱供我们开销，不负责提供爱，也不负责提供陪伴。那一刻，我觉得很悲哀。

在后来的日子中，我姐负责照顾我的生活起居，我和姐也总会去看她。

父母之爱本该是最大的寄托了吧？可是我和她都缺少。

再后来我和她慢慢成为了彼此的寄托，她和我说，除了她的外婆以外，我便是她的寄托了。

她不会那么随意结束自己生命，就便是因为她的外婆，后来又遇到了我。

又过了一段时间，我确诊了，我最后一次去见了她，手里拿着我的病历本，看着一言不发的她。我知道，我已经无法再成为她的寄托了。因为我的生命即将走到终点了。

接受治疗的时间里，我的体重持续下滑，身体状态也变得越来越差。

我常常看着镜子里的自己发呆，我没有和她说这个事情，我怕她承受不住，最终比我先走一步。

再后来我没有办法再去看他，再次和她联系已经是在她18岁生日的那天了。持续的化疗再加上我的身体越来越差，我打算给她打一通电话，告诉她我已经有女朋友了，现在过得挺好。看着外边的鞭炮烟火，多么喜庆的日子啊，我却不知道自己还能坚持多久。

那一天的下午很安静，仿佛时空都停滞了，我们彼此都没有说话，可是即便这样也感到安心温暖。

挂了电话，我看着窗外的大雪，一个人坐在病床上想要号啕大哭，但却一滴泪也挤不出来，从此以后我再也没有见过她，那个傻丫头一定不知道我一直和她在一个医院里治疗，只不过，她是心病，我是癌症。

我不能见她了，但是我还是不忘每天给她送一杯温热的牛奶。

我的病情很快地恶化了，但是我听说她恢复得差不多了，并且考上了喜欢的舞蹈学院。

我给她发了个恭喜的短信，然后写了一封藏着我多年秘密的信。

再之后我和她彻底失去了联系，病情让我在饱受折磨的同时头发也掉光了，她看到一定会像第一次见我时那样嘲笑我吧。

过了不知道多久，我突然得到消息她要结婚了。

那天，我的朋友圈里，出现了一个漂亮的新娘，评论都在说：哇，多漂亮啊！

我看到后，心里一阵颤抖。

不知道什么时候我的脸颊已经挂满了泪水，她穿上婚纱真的很漂亮，一定要幸福！

小楠：现在的你应该过上了你想要的生活吧，第一次见你的时候你扎着高马尾，仰着头，阳光恣意地洒在你的脸上，让你白皙的脸颊都变成了金黄色，那天的天气很好，阳光也很好。我有偷偷关注过你的消息，现在的你真的很棒，勇敢地做自己，不要再担心过去的事情，要大踏步地往前走，加油！

二

盛夏的夜晚，格外的寂静，记忆中，我从来都没有想过大学是什么样子的，但我认为大学应该是阳光下挥洒汗水的地方，也是用不完的青春。

在军训之前，我们都以为军训只是一个小小的活动而已。但是当我们真正去训练时，才发现原来一切都不是那么简单。教官先让我们站军姿、练队列、练齐步走、练跑步。那时唯一的快乐应该就是训练结束后来一罐冰凉的可乐。

　　训练结束，喝着可乐，我开玩笑地对朋友讲道："超哥，看到前面的三个女孩没有，敢不敢喊一声，让她们转过身来让我们看一看。"

　　"有什么不敢的，让她们转过来之后，怎么办吧？"超哥一脸得意。

　　"怎么办，晚上我安排了。"

　　"没问题，就等你这么说了。小小，干吗去啊？"超哥说完，就看前面的三个女孩转过了头。

　　"小小，干吗去啊？"

　　我一脸懵地看着超哥，耳朵里传来他的嘲讽讥笑，好半天才反应过来。

　　"你俩认识啊。"

　　"哈哈哈哈，晚上记得安排，最近天干物燥，属实累啊，需要来顿小烧烤激励一下。"

　　说完就看见超哥走上前牵住小小的手，炫耀着刚刚从我这里抢来的战绩。我眼瞅着，心里一阵无奈，这才多久，什么时候的事情，第一天见面的时候，他可是拍着胸脯保证要好好学习，拒绝一切儿女情长的。

　　看着他俩的身影我苦笑着摇头。

　　在一声银铃般的笑声中，我的眼神随意地扫了一下小小旁边的那个女孩。只见她穿着一身白裙，雪白的皮肤上没有一丝瑕疵，乌黑的长发散落肩头，那张脸更加精致了。看得我竟人了神，连超哥拍了我一下都没察觉。

"哎呀，你怎么了？"小小坏笑地问我。

被她这么突然一问，我慌了神，连忙拉着超哥就走，嘴里说着："没啥，没啥，我们先走了，晚上和超哥出来一起吃饭。"

一路上，超哥时不时地朝我上下打量，眼神里满是狐疑，看得我心里发毛。我实在受不了了，对着他说道："干啥啊？一直看、看、看！"

"不对劲，十分得有九分的不对劲，你是不是对白裙子的女孩有什么想法？"

"你以为都是你啊，说着学习新思想，争做新青年，不谈儿女情长，转身就谈了一个。"我笑着说道。

"没有，没有，我和小小是一个地方的，高中的时候就在一起了，她比我大一届，我也是因为她在这个学校才报了这个学校的。那天我就是开个玩笑，没想到你们真的信了！"超哥搂着我的肩膀好声说道。

"行了，我对你们的感情不感兴趣，赶紧走吧，训练马上要开始了。"说完我就先自顾自地朝着操场走去。

下午的训练，心里有个身影一直挥之不去，竟有些期待尽快再次见到。

但是过后的几天，除了那天晚上吃饭的时候了解到她是大二音乐专业的学生以外，再也没有其他消息，包括小小和她也只是因为帮老师买东西才碰巧出现在一起。

那几天站在烈日下站军姿时总是汗流浃背，但是后来慢慢地也就习惯了，我本以为军训的结束也会让那个白色的身影随着时间的流逝悄然淡忘。

军训结束后没多久，我们就迎来了运动会，这次运动会的项目有一项是跑步。这一次的跑步与我们平时的跑步并不相同，我们要在400米的跑道上比赛。

我还记得当时我看到这个比赛项目时，心里面是无比激动的，因为我的专业是美术专业，大家的运动能力是比较弱的。而对于从小被父亲灌输身体是革命本钱的我，自然在身体素质上是要好很多的，虽然比不上通过体育特长进入这所学校的学生，但是，我认为我依然是可以尝试一下的。

运动会的开幕式的两天前，决定了要参加之后，我便跑到学校的健身房，准备先练一练。到了学校的健身房后发现有好多的人，看来这次的运动会也不简单，想着下午没有什么事情便决定在这里等一下。

无聊地翻着微信朋友圈，一道修长的美腿出现在我的眼前，我抬起头看着她。

"同学，请让一下，我拿一下音响。"她微笑着对我说道。

"哦，好。"我木讷地点着头，因为没有反应过来，身体一动未动。好半晌我才站起来朝她不好意思地笑了笑。

是她？音响？对了，她是音乐专业的，应该是要去练习吧。

"楠楠，音响拿上了吗？快点，时间比较紧，我先过去了。"

远处传来一位中年妇女的催促。

"来了，老师。同学，你好，我是音乐学院的，我叫李子楠，能帮我搬一下这个音响吗？"她微微皱着眉头，满脸歉意地对我说道。

"Ok，搬哪啊，李子楠哈，我叫旭阳。"我忙摆着手说道。

"门口就可以，谢谢你了。"一路闲聊我俩来到了门口，把音响放到地上，正犹豫着要怎么开口加个联系方式的时候，李子楠突然从身后拿出瓶矿泉水递到我面前说道："谢谢你了，请你喝瓶水，看着你好眼熟哦，你是不是小小的朋友啊？"

"你还记得我啊？哈哈哈哈。"

"记得啊，那天你一直盯着我看。"李子楠玩味地看着我说道。

被看得有点发毛的我，讪讪地摸了摸鼻子有点儿尴尬地说道："那是在愣神发呆。"说完我自己都不相信自己。

"哈哈哈哈，你应该是大一吧，以后有什么事情来音乐学院 1802 找我。"李子楠看着窘迫的我越发地高兴。

我实在受不了了，感觉再这样下去太尴尬了，忙随意找了个理由就跑掉了。

听着身后的笑声，我跑得更快了，过了一会儿，我又十分懊恼，跑什么呀，她能吃了我啊，又没有要到联系方式，唉。我心里反复想着自己的不争气。

回到宿舍，百无聊赖地躺在床上望着天花板发呆，过了一会儿，超哥冲进来喊道："旭阳，旭阳，你干吗了？小小说和我打赌那天的白裙子女孩在打听你，你是不是做了什么坏事？"

我没好气地说道："滚开，我能做什么坏事？"

超哥听后阴阳怪气道："呦呦呦，这是生哪门子气？本来今晚打算出去和小小约个饭，顺便把你和那个女孩都叫上，我看，还是算了吧，我这就去和那个女孩说饭局取消了，那个女孩叫什么名字来？哦，对了，叫李子楠！是吧？哈哈哈。"

我听后忙起身，拉着超哥的胳膊说道："别别别，超哥，你是我哥，今晚消费算我的。"

看着超哥的嘴角慢慢地上扬，我就知道，中计了。

一整个下午我都在焦躁和不安中度过，熬到了晚上的饭局，在超哥和小小的推动下，再加上酒精的作用，我也慢慢放开了，当晚聊了很多的事情，在以后的日子，我们四个也经常在一起玩，总是我和李子楠吃着小小和超哥的狗粮，小小和超哥也经常起哄让我们两个在一起。如此，我和李子楠也相互产生了一种妙不可言的情愫。

……

记忆里面的她一直都喜欢穿白色的碎花裙。

思绪又回到了那年的那天。

……

"走了，旭阳，时间快来不及了。"

今天是超哥和小小的恋爱周年纪念日，按理来说，这个纪

101

念日他俩过就可以了，但是，小小说想要去鬼屋玩，超哥这个胆小鬼，竟然和我说他害怕，非要拉着我。

"李子楠叫上没有？李子楠不去我也不去，我一个人可不去吃你俩的狗粮。"我没好气地说道。

"叫上了，你俩都认识这么久了，傻子也看出来你俩之间有问题，就你俩一个比一个淡定，还李子楠不去我不去。"超哥阴阳怪气地模仿着我。

我刚想反驳，回过神一想，他说的确实如此，从第一次见面到如今认识也有半年左右了，中间也发生了很多暧昧的事情，这层窗户纸很薄，但是却异常地难以捅破，每次鼓起勇气想要说些什么的时候，看着李子楠的脸，千言万语好似被封铅一般一个字也吐不出来。

我只好赶紧转移话题："快走吧，再不走就来不及了。"转身我便先跑了下去。

来到楼下，李子楠和小小已经在等我们了，今天的天有点凉爽，微微的清风。李子楠还是穿了一身白裙，阳光洒在她身上仿如天使一般。

"怎么这么慢呢，我和李子楠等老半天了。"小小一看到我们下来就跑过来，对我们说道。

"没办法，旭阳太墨迹了，又是喷香水又是抹发胶的。"

听超哥说完，我心里一阵无语，但是在小小面前又不好不给超哥面子，我只好心里默默地记下了这笔账，等一会儿去了鬼屋我一定要好好整整他。

李子楠见状上来打趣道："又是喷香水，又是抹发胶的，不知道的还以为你要约会去呢。"

"我和谁约会啊，除了你……"说到后面，我的声音越来越小。

也不知道李子楠有没有听清，她也没有再说话，只是我仿佛看见，她的耳朵根快速染上了一抹红晕。

我忙对着超哥使颜色，超哥看到赶忙过来打着哈哈。

"走吧，走吧，时间来不及了，我叫了车，就在门口。"

我和李子楠也默契地没有再说话，一路上都是小小和超哥在打闹。

我时不时地偷看李子楠，确认了她刚才听到了我说的话，耳朵上的红晕还没有消散，低着头一言不发，不知道在想些什么。

一路上我也心情忐忑，不知道怎么打破这份尴尬。

不知不觉中我们已经走到了鬼屋门口。

来到鬼屋门口，我们也没有磨蹭，买好票便走了进去，我走在最后面，李子楠在我前面，看着她的背影我鬼使神差地说道："不要怕，我就在你旁边，等一下进去了你抓着我的衣服。"

李子楠听后也没有说话，只是我明显地看到她的脚步停顿了一下。

进入到里面，大家都小心翼翼的，李子楠抓住了我的衣角，暧昧的气氛加上这诡异的环境，一瞬间我也是不知如何是好，只好开口说道："走吧，进去看看，超哥你要是害怕就在门口等一会儿吧。"

超哥听完也是往前踏了一步。

"搞笑，我来带路。"说完他就一马当先地出发了，小小紧随其后。

我和李子楠相视一笑，便也跟了上去。

整个下午，便在鬼屋中度过了，我们几个出来之后觉得这个鬼屋一点儿都不好玩。

"全是骗子，介绍说得挺好的，怎么怎么恐怖，怎么怎么好玩的，结果就是这样，浪费时间。"超哥愤愤地说道。

"确实，全是玩偶。"我附和道。

"现在时间也不早，咱们干吗去啊？"小小不开心地说道。

这时超哥对我和李子楠使了个眼色，李子楠心领神会道："时间也不早了，我得先回去了，就不打扰你们俩的纪念日了，鬼屋也没有玩尽兴，你们吃个饭吧。"

李子楠说完我便紧随道："是啊，我去送李子楠，今天是你们的纪念日，我也就先走了。"

说完，超哥对我投来感激的目光。

我随意地拍了拍手，也便和李子楠走上了回学校的路。

夕阳下，我看到李子楠的身上，披上了一层淡淡的金色。他对着我露出了一个温柔的笑容。

"李子楠，我喜欢你，能做我女朋友吗？"

"可以啊！"

"那我们就试试吧。"

我们一起牵手走在路上，微风吹过她的发梢，阳光洒在她的脸上，我们的脸上都洋溢着幸福和甜蜜。

当我遇见你，
我会鼓起勇气告白

2018 年的那个夏天我遇见了好多人，其中我最喜欢你。

一

"喔喔喔，喔喔喔"，乡下的早晨是被大公鸡唤醒的。

田间的小路上出现了扛着锄头、背着背篓的人，宽阔的马路上也有了小汽车的身影。

我年轻时是一名初中老师，现在已经退休了，没有和儿子他们一起住在城里，而是回到了乡下的老家，建了一座小院，开始了我的养老生活。我喜欢我的院子，一座砖红色的小房子，覆着褐色的瓦片，内里五脏俱全，还有一个小花园。退休之后，我有更多的时间来种花。

今天我起得很早。因为我的好朋友王琪和她的小孙女会来家里玩，所以，我得早起做些准备。

叠好被子，梳好头发，洗完脸，推开窗户，清晨的第一缕阳光照进了屋子，也照在了我的脸上，微微的清风带来了田间稻香气息，我感到十分舒服。

我望着天空，感叹："今天的天气可真好啊！"

吃完早饭，休息了一会儿，我就开始在厨房里忙碌起来。我先是打开平板电脑放起了音乐，然后拿出了橱柜里的玻璃碗盆、打蛋器、冰箱里的鸡蛋和黄油，还有一大袋面粉、一瓶糖粉等。一切准备就绪，我开始了今天的"重大工程"——做曲奇。曲奇的做法是我的一位大学学姐教的，那位学姐曾说，这可是她多次实验过后，得出的最佳配方。

我拿起打蛋器将黄油搅拌成细腻的糊状，然后熟练地将全蛋液分三次加入黄油中，搅拌均匀。然后将称好克重的糖粉、盐、面粉依次加入，并揉捏成团。面团做好后，分成三份，一份做原味的，一份做巧克力口味的，还有一份做抹茶口味的。三种面团做好后，我又拿出了形式各样的曲奇模具，有小动物的，有汽车的，还有花朵样式的。我将曲奇压出各种形状，均匀地铺在油纸上。弄好之后，曲奇就被放进烤箱了。

我现在已经能很好地掌握烤制的时间、火候，烤出来的曲奇不会过硬而咬不动，也不会过软而不成形。不一会儿，烤箱里就飘来阵阵香气。

"叮"的一声，时间到了。我将烤好的曲奇取出、放凉后，装进点心碟子里，之后又拿出一些水果，洗净，放进果盘里，并把它们放置在院子里的石桌上。

　　做好这些之后，我到石桌旁的躺椅上休息，听听蝉鸣，玩玩手机，等待王琪的到来。这时，一条消息弹出："我们还有半个小时就到了。"

　　我看着消息笑了。和王琪有一段时间没见了，可想她了。

　　等着等着，我就睡着了。人老了就是这样，容易困。

　　"干奶奶！干奶奶！"一声声童言稚语唤醒了我，睁开眼，看到王琪的小孙女果果正趴在躺椅上，甜甜地叫着"干奶奶"。而王琪站在一旁，也是满脸笑意。

　　我听到果果的声音，心都要被叫化了，说道："我的果果来了！来，干奶奶抱抱！"我伸出手将果果搂到怀里，看着扎着俩小辫的干孙女，我脸上都乐开了花。

　　我把做好的曲奇递给果果，让果果自己坐在躺椅上："果果，快尝尝干奶奶做的饼干，可好吃了！"

　　果果也甜甜地说道："我可喜欢吃干奶奶做的曲奇了。"

　　说完，果果便大口大口地吃着曲奇。

　　我站起身，走到王琪的身边，拉起了她的手，说道："好久不见啊！快来坐。"

　　王琪坐下道："是啊！看果果又长高了。"

　　我和王琪认识已经许多年，初中时我们第一次遇见，很快就成了无话不说的好闺蜜。上学的时候就经常在一起学习，一起玩，现在老了，都有了各自的牵挂，但我们还是约好每年都要见上几面，不管在哪里。

吃着吃着，果果突然跑进了房里，很快又跑了出来，手里还拿着什么。

"干奶奶，干奶奶，你给我讲讲你和干爷爷的故事吧。"果果一手拿着曲奇，另一只手伸向了我。

我接过来一看，原来是我和她干爷爷的照片。

"果果你怎么会想听这事儿呢？"我纳闷地问道。

"因为奶奶她说，她说你们俩很甜蜜。我想听。"因为嘴里还有曲奇碎，果果含糊地说道。

"快先喝口水，润润。"我将一旁的水杯递给了果果。

王琪在一旁哈哈地笑了起来："还不是果果听了她的爸爸妈妈讲了他们俩是怎么认识、怎么在一起的，所以果果好奇了，还缠着我，让我把和她爷爷的故事讲给她听。我实在没法，就讲了。我讲完了，她还没听够，我就告诉她，她干奶奶的故事更有意思呢。"

"你羞不羞呀，这么大的年纪还说这些事。"我嗔怪道。

"没办法呀，你和果果她干爷爷的故事是很精彩呀！我也想听。"说完，王琪也笑起来了。

果果见我没说话，便拉着我的手，撒起娇来："干奶奶，果果想听，你说嘛，说嘛。"

我把果果揽到怀里抱着，笑着说："好好好！我的小宝贝。"

　　果果的干爷爷已经去世两年了。果果刚生下来的时候，她干爷爷还抱过她。可惜那时，她还没有记忆。我指着照片里的人对果果说道："你的干爷爷年轻的时候可帅气了。"

　　"比我爷爷还要帅吗？"果果圆圆的眼睛看着我。

　　"是呀。"

　　"哎哎哎，怎么说话呢，果果她爷爷也很帅的。"

　　哈哈哈，我和王琪可都是喜欢帅哥的。

　　……

　　看着手里的照片，我的思绪也回到了从前。

二

　　2017 年的秋天，我独自一人来到了一个陌生的城市，读大学。和三个可爱的女孩子住在一间宿舍里。平常我们四个人都是两两一组，结伴而行，很和谐。和我一路的女生叫王蕊，人如其名，是个笑起来像花一样的女孩子。

　　但是大一第二学期刚开学的时候，王蕊交男朋友了，而且还是我们的同班同学。

　　当时我有点缺心眼儿，一点不觉得自己是电灯泡。因为还是同一个班的，所以我还是和王蕊坐在一起上课，只不过多了一个人。放学吃饭的时候也是这样。原本的两人组，变成了三人组。

就这样持续了一段时间，我突然觉得有点不对劲儿了。我觉得不应该再当他俩的电灯泡了，于是我开始一个人去教室上课，但是听课时还是和他俩坐一起。放学后吃饭我则自己一个人先走。

虽然比起和王蕊两个人一起的时候，节约了一些时间，但是我一个人也是有点儿孤单的。为此，我好几次和王蕊还有另外两个室友们吐槽那个"抢走"我好朋友的男同学，明明是我先认识王蕊的。

每次想到这个，感觉我就像在王蕊面前"争宠"一样，现在想来还是很可笑。

就在我独自一人去教室、去食堂的时候，我遇见了我生命中的那个他，也就是果果的干爷爷，陆朝阳。

三

那是 2018 年的夏天，下午三四点的时候，天还很热，阳光还有点刺眼。刚下课，我撑着伞走在去另一个教学楼的路上，那条路会经过学校的篮球场。

"砰砰"，前方传来了篮球拍打在地面上的声音。我被这声音给吸引了，抬头看去，是一个男生边走边运着篮球，大概是要去球场打球吧。

我当时心里想的是：啊，他真好看啊！

刚上大学的时候，还和室友谈论过要找什么样的男朋友，当时我不知道怎么形容。现在我知道了，这个男生就是我喜欢的，这大概就是一见钟情吧。

那个男生穿着白色的篮球队服，没戴眼镜，头发较短，干净利落，手臂看着就很有力量，整个人看起来很阳光，很自信。

但是我的胆子小，还有点儿自卑，不像有的女生，一遇到喜欢的就会冲上去，询问联系方式。庆幸的是，我视力很好，在他走远后，我转头看到，他的队服上写着"计算机学院"。原来是位理科生，我更加喜欢了，因为我是文科生。

我想着要不是等下还有课，我一定要跟过去看看他打篮球的样子。

可是时间不允许，于是我就想着下次再去篮球场碰碰运气。

过了一段时间，我还没来得及去篮球场碰运气，就在我所在的社团活动室遇上了他。

因为我喜欢做手工，所以大一的时候加入陶土社，里面有陶土和软陶制作，都是"玩泥巴"，但也有些许不同。因为设备不太齐全，所以只能做一些小巧的用具，挂件、摆件等。

而且我也是在这个社团里，遇到了教我做曲奇的学姐。学姐很好，也是一个喜欢交朋友的女生。我做软陶的技能，也是她教的。这个社团也是她和一些志同道合的朋友，一起成立的，她的男朋友也在其中，听说学姐是对学长一见钟情呢。

活动室在学校图书馆的五楼。社团活动一般在星期五的晚上，对全校的同学都开放。我周五没课，经常待在活动室里做软陶。我喜欢动漫，所以会将自己喜欢的动漫元素，用软陶制作出来。

因为学姐已经研二了，她有时没空来，就会让我来教同学如何做软陶。

而且学姐正在准备开设自己的工作室，所以就将工作室和社团放在一起，宣传了一波。那段时间有不少同学都来活动室做软陶。我喜欢的那个男生也是那时出现的，和他的朋友一起。

那天晚上人很少，我在活动室等了一会儿，看没人来，就准备自己做软陶。就在我专心地搓着软陶、塑形的时候，有几个男生说笑着走了进来。

"哈喽，我们是来做软陶的，是这里吗？"

我看过去，发现他们都挺高的，一进来，感觉灯光都变暗了，可能是因为活动室面积不大吧。此时我还没发现他也在其中，站起来，朝他们走过去，说道："是这里，大家随便找位置坐就好。"

"一、二、三"，一共三个人，我在心里默默数着人数，数到"三"的时候，我发现是他，多巧啊！

他没有穿篮球队服，身上是简单的白色 T 恤和黑色长裤，很休闲。这次离得比较近，我感觉他有 1.8 米高，比我高了好多。

已经坐好的一个男生，开口道："陆朝阳，快来这边坐，这里有好多颜色的橡皮泥啊。"

"来了！"陆朝阳回答道。

原来叫陆朝阳啊，这名字真好听，在我心里，他真的是和太阳一样耀眼的人，说话的声音，我也好喜欢。

"这位同学，这可不是我们小时候玩的橡皮泥，它叫软陶，是需要烤制定型的。"我一边走到一旁的收纳箱，从里面拿出软陶和工具，一边纠正道，"大家可以分用这些软陶，桌上的那些是我要用的，颜色不太齐全。"

"好的，老师！"

听到这个称呼，我不好意思地笑了，说："叫我程遇就好，你们是大几的啊？"

"我们都是大二的，计算机学院的，我叫张涛，这是陆朝阳，这是陈启。"

张涛就是刚才说"橡皮泥"的同学，他坐在中间，陆朝阳坐在他的左边，右边是陈启。

"计算机学院的啊，你们可真厉害，我也大二，是新闻学院的。"我回答道。

我见他们都拿到软陶和工具了，就问他们："你们是第一次做软陶吗？"

陈启开口道："我们几个是看到图书馆旁的宣传栏里，看到这里有做软陶的活动，刚好我们几个学累了，就来这里玩会儿。"

"第一次做的话，我建议大家做些形状简单、颜色不要太复杂的东西，比如小动物、水果。"

"那我想试试做奥特曼。"张涛说道，"这个颜色也不复杂。"

"可以的。"我说，心想果然男孩子都有一个拯救世界的童年梦。

"我就做熊猫吧，就黑白两个色，这挺简单的。"陆朝阳说。

而陈启选择了做西瓜。

嗯，西瓜很适合这个季节。

我站在三人的对面，拿着图片向大家展示，说道："首先，大家先找好自己要做的样图，然后将它分解成几个部分，我们一部分一部分地做。"

他们三人很快找到了样图。

然后我拿着我做了一半的软陶，说道："大家选用要用的陶泥，用掌心的温度将软陶软化，以便塑型，制作过程中可以用小刀、戳针等工具，辅助造型。"

"最后再把做好形状的软陶，组合起来，连接处要贴合紧密，不然烤制的时候会散架。做软陶的流程大致是这样，接下来，我们就开始吧，有不会的地方，我可以帮忙。"

三人都点了点头，便开始动手做了起来。

在之后的一个小时里，我做得很慢，因为我大部分时间都去观察陆朝阳了，还借着给张涛帮忙的机会，正大光明地过去看看，陆朝阳做得怎么样了。

陆朝阳的手指很长，不属于纤细的那一类，而是骨节分明的那种，敲在键盘上一定也赏心悦目。

哈哈，我心想，怎么哪哪都是我喜欢的样子。

慢慢地，一个熊猫雏形已经在他手里渐渐成型，但是和他选的样图还差得远，大概从黑白两色，可以看出那是只熊猫。

大家差不多都做完了，开始互相打量，各自做得怎么样。

在我看来，陈启的西瓜做得最好，因为很简单。熊猫排第二，奥特曼就有点"实物与图片不符"的意思了。

我询问道："大家想把它们做成挂件还是摆件？"

"我选挂件，可以挂在书包上。"张涛说道。

"我的西瓜也做挂件，我打算挂钥匙上。"

"我的熊猫就做摆件吧，挺大只的。"

"好的，因为软陶需要烤制，会花一些时间，我们留个电话吧，等烤好了，通知你们来取。"我接着说道，"这还是我第一次认识计算机学院的同学呢，以后可能还需要请教大家关于电脑方面的知识。"

"好啊。"

就这样，我要到了陆朝阳的联系方式。我真是太幸运了。

接下来，我和陆朝阳的接触变多了。偶尔他也会一个人来做软陶，因为他也挺喜欢做手工的，而且活动室离图书馆很近。

周五晚上，他都会待在图书馆学习，学累了，就会来放松一下。

四

我第一次因软陶之外的事联系陆朝阳，是因为我的电脑有问题了，软件安装不上，还黑屏。

周五的时候，我把电脑带到活动室，陆朝阳已经在那里等着了。桌上还放着他的电脑。

我的电脑很小巧，是银色的。我一般拿来剪辑视频，修修图，做做报告，也不知道为什么会坏。

陆朝阳了解了情况之后，就开始检查电脑了。

只见他的手指在键盘上飞快地敲打，屏幕上还出现好多我从来没见过的画面。

我在一旁看着，感叹道："真厉害，不愧是计算机学院的。"

"还好，这些都是基础操作。"他一边操作着，一边回答道。

大概过了一个半小时，陆朝阳已经将电脑弄好了，对我说："现在看来是可以了，如果后面有问题，你再来找我。"

我连忙应道："太感谢你了，应该不会有问题了。你有空的话，我请你喝奶茶吧。"

"好啊！"

我们收拾好东西，就朝奶茶店走去，路上，我试着找了一些话题和他聊了起来。

"你是哪儿的人呀？"我问道。

"我是辽宁丹东的。"

"东北来的，怪不得你这么高。果然南方小个子要多一些。"

"还好，小个子很可爱的。你是哪儿的人？"

"哈哈哈，大家都这样说。我重庆的。"

"也挺远的，那你会想家吗？"

"想，想父母做的菜，学校的饮食太清淡了，想念重庆的火锅。重庆的火锅可好吃了，有机会你去试试。"

"我不太能吃辣，但是可以试试，听说重庆的火锅是真好吃。"

……

买好了奶茶，时间有点晚了，该回宿舍了。

于是我们俩就朝着宿舍楼走去。

因为男生宿舍和女生宿舍是分开的，所以我们半路就分开了。

在分别时，我突然鼓起勇气，问了今晚的最后一个问题："陆朝阳，你有喜欢的女生吗？"

陆朝阳有些意外，他愣了一下，回答道："还没有，怎么了？"

"没事儿，没事儿，我随便问问的。"说完我就道了声"晚安"，便小跑着走开了。

快到宿舍的时候，我放慢了脚步，摸了摸自己的脸，还好不是很烫。但是我心里就像炸开了烟花似的。

因为我得到的答案是"还没有"。

我可真是幸运。

可能是我上次问的问题，我和陆朝阳的关系变得有一点儿微妙起来。

陆朝阳还是会来做软陶，我们聊天的时间变多了，话题也变多了。

有时候我会请教他关于计算机方面的知识，他也很乐意教我。

晚上还有空闲时，我们还会一起吃点宵夜，或者去操场散散步。

五

关系真正的变化还是在元旦的时候。

那天学姐邀请了没有出游及回家计划的朋友们，一起在她的工作室过元旦。学姐很好客，我平时也会去学姐的工作室坐坐。

来的人还挺多的，有我认识的学长，还有不认识的一些学弟学妹。当然陆朝阳也在，因为他没回家，我就邀请了他。

大家先是将工作室布置了一下，窗户上挂起了小彩灯，桌上摆着大家带来的零食和水果，花瓶里插上了我带来的蜡梅，香气浓郁。

人多的时候，总是要玩游戏才有意思。我们玩了几局小游戏，天色就暗了下来。

晚上，大家就准备包饺子。

事先我们就把包饺子用的食材准备好了。大家分好工，就开干了。

学姐的男朋友会擀饺子皮，所以和面、擀皮这一任务就交给他负责。其余人来准备馅儿。

因为大家的口味都不太一样，所以肉馅儿准备了猪肉、牛肉、羊肉的，搭配的蔬菜有白菜、香菇、大葱、茼蒿等，还有土豆馅儿、藕馅儿这种奇怪的搭配。还别说，最后做出来还都很好吃。

我不会调馅儿，所以在一旁切菜。而陆朝阳则去帮忙擀皮了，我想起他是东北的，应该很会包饺子。

在他的手下，球形的小剂子，擀面杖一压一推，圆圆的饺子皮就出现了。

擀皮这项技能，也好厉害。因为我家在南方，包饺子，都是去店里买现成的饺子皮，从未自己和面、擀皮过。

轮到包饺子的时候，我怯场了，因为我只会最简单的包法：把馅儿放在皮上，然后对折，捏紧。没有一点样式。其他人包的不是元宝形的，就是金鱼形的，包得可好看了，还不会露馅儿。

陆朝阳包的就是金鱼形的，白白胖胖的饺子，一个接一个落在竹子做的器皿上，可爱极了。

陆朝阳看我只会简单的包法，便教我包金鱼形的。

可是我的手太笨了，按照他的方法，我包出来的饺子，跟金鱼完全不搭边，丑就算了，还露馅儿。我都不好意思了。

陆朝阳却说："已经很好了，多包几次就会了。下次包的时候，可以再学。"

我心想，还有下次啊，真好，希望他还能教我。

虽然不是新年，我们还是在一些饺子里包进了硬币。

大家都玩得很开心，人多热闹。

那天我吃到了两个带硬币的饺子。希望我在新的一年里心想事成。

热闹过后，我们都各自回宿舍了。

我和陆朝阳走在回去的路上。寒风呼呼，但我一点儿也不冷。因为有暖乎乎的饺子，还有我喜欢的人。

分开的时候，我又问了陆朝阳一个问题："陆朝阳，你愿意做我的男朋友吗？"

我有点紧张地等待着回答。

我想这一次和上一次的提问，已经把我积攒近二十年的勇气给用完了。后来回想起，我都觉得此时的我胆子不是一般的大。

陆朝阳没有回答，而是反问我："程遇，你愿意做我的女朋友吗？"

我仅愣了一秒钟，欣喜地回答道："男朋友，你好！"

那天，我们第一次牵手成功。

后来，我问他为什么会做我的男朋友的时候，他这样回答："因为你笑起来很好看。"

看，喜欢一个人的原因就是这么简单，简单得令人奇怪。

都说"一见钟情"是"见色起意"。我很赞同。因为我就是这样才喜欢上陆朝阳的。

我现在一点也不孤单了。因为陆朝阳和我在一起。

去图书馆学习，不再是一个人，吃饭时，也不是一个人。

陆朝阳是一个行动力超强的男孩子，有计划。他带着我去到了很多城市旅游，我们俩拍了很多照片。照片太多，整理之后，有好几本相册。后来我一个人的时候，时常会拿出这些相册翻看一下。

我喜欢爬山，之前只有在王蕊落单的时候，也就是她男朋友周末回家的时候，我们俩会约着一起去爬山。现在陆朝阳可以陪着我去到更远的地方爬山。

平时在学校的时候，有空我会在陆朝阳打篮球比赛的时候为他加油。看着他在球场上恣意奔跑的样子，我很开心。

大学期间的恋爱就是这样，有时间就腻在一起。不管干什么都很开心。

时间过得可快了，眨眼间，我们要毕业了。

这时我俩已经对未来有了新的计划。我准备考研，陆朝阳准备工作。于是我们俩在学校附近租了一间房子，开始了同居生活。

一年后，我考上了新闻传播学专业研究生。陆朝阳在一家私营企业里当工程师。

三年后，我们俩结婚了，定居在大学所在的那个城市。举办的是中式婚礼，我穿着精致的秀禾服，嫁给了我最喜欢的那个人，陆朝阳。

一年后，我们生下了可爱的女儿朵朵。

又是二十年过去了，朵朵已经长大成家，而陆朝阳被查出患了癌症。

当年那个意气风发，阳光帅气的男孩，已经老了，而且离我而去了。

六

年轻的时候，很幸运能遇见自己喜欢的人，还能和他一起走到生命的尽头。

我看着照片里，陆朝阳帅气挺拔的身影，眼睛渐渐湿润，我好想你呀，陆朝阳。这两年我都没有梦到你，不知道你在那个世界过得好吗？

我揉了揉眼睛，拭去眼角的泪。

"好了，故事到这里就结束了。"

"干奶奶，你想干爷爷吗？"

"想啊，干奶奶每天都想着他，就怕把他给忘了。"

"干奶奶，你一定很爱干爷爷。我奶奶也爱爷爷。"果果伸出手抱住了我。

嗯，陆朝阳永远是我最爱的那个人。

牵手、揣兜

最简单的幸福，牵手、揣兜……

爷爷奶奶的生活方式影响着我的生活，曾经看过的一本书《大家家风》，里面有中国近代思想家梁启超的家书，合肥四姐妹的故事……在翻阅的过程中，爷爷奶奶的言传身教点点滴滴地就让我模糊的记忆慢慢地清晰起来了。

爷爷是一个退休干部，在银行工作了几十年，他将近 180 厘米的身高，单眼皮，头发很少，却也打理得很好。他一直是一个严谨严肃的老头，在工作上一丝不苟，在生活中也是干净整洁。在读小学的时候，对他的印象都很模糊，他一年很少回来，除了过年回家的时候。那时候，感觉爷爷是遥远的、严肃的。读中学时，他退休了，接触就多了。初中三年和爷爷奶奶生活在一直，也是周末才回老家，爷爷奶奶很多很好的习惯，我也耳濡目染地学到了很多，言传身教真的大过于说教。

奶奶可比爷爷和蔼多了，奶奶是一个胖胖的小老太太，脸上很多肉，一笑起来眼睛就像弯弯的月亮，眼角的皱纹就爬上来了，无论何时看她，都是一张笑脸，爷爷说奶奶是很贤惠的，年轻的时候他和奶奶一个主外一个主内。我们那一大家有爷爷的威严，有奶奶的和蔼，恩威并施。记得我们小时候只要一问奶奶要钱，奶奶就会让爷爷给，每当爷爷把折着整整齐齐的钱从他的外衣口袋里面拿出来，从中间抽两张给我们，面无表情递到我们手里的时候，奶奶都会笑呵呵地说："不要乱花哟。"爷爷那一丝不苟的脸上也会多几条鱼尾纹。一个严肃，一个和蔼，他们彼此陪伴到老。奶奶的包容，爷爷的顾家，也是我们家的家风之一。

爷爷小时候家里很穷，有一个弟弟，年少的他只读过几天夜校，后来他就自己学习，最终成为银行的出纳，到退休前成为银行的主任。听他讲故事，娓娓道来。现在回想起来，他的这种奋斗向上的生活理念，对工作认真的态度，时刻鞭策激励着我，在工作中应该要有这样的态度。叔叔们谈起爷爷，总觉得他是严厉的。他经常在外工作，家里的所有事情都是奶奶操持安排。奶奶是操作家务的能手。听奶奶讲，她没和爷爷结婚前，是一名工人，后来和爷爷结婚了，家里有老人，为了让爷爷在外面安心工作，奶奶就回老家种地，照顾家里老人和小孩。在老家很多人对她的评价很高，奶奶脾气好，大嗓门，是热心肠的人。在农村农忙的时候，都会请邻居帮忙，奶奶因为有着她的好人缘，好脾气，很多邻居都很愿意帮她的忙。爷爷总是说找到奶奶是很幸福的，把一个家操持得很好，我们这个大家庭因为有他们在前面引领，家庭氛围总是和睦和谐的。爷爷有威望，奶奶很大气。所以呀，后来几个婶婶嫁到我们家，彼此相处得都还挺好的。在这个其乐融融的大家庭里面成长，我们这一辈的都是很有家族荣誉感的，兄弟姐妹大家也都会相互鼓励，过年一大家人都会回老家一起过年，很有家族氛围感。在外漂泊，回家的感觉也越发浓烈，家是港湾，特别是过年在一起杀鸡、杀鱼、打糍粑。这家的味道，现在依然延续，虽然爷爷奶奶已经过世了。家人让我们在外面有精神支柱，有回家后的喜悦与关怀，备感温暖。

因为年轻时候的努力奋斗，爷爷的晚年生活可以衣食无忧。在我们老家的镇上有一套单位分的房子，退休后奶奶也就没有再干农活，和爷爷生活在一起，早上一起散步锻炼身体，晚上吃完饭后再一起走走。这是老了后让人羡慕的生活，他们手拉着手一胖一瘦、一高一矮，走在乡镇公路边上，边走边聊家里的琐事，金色的夕阳照在他们的背影上，出去散步一个小时左右时间，爷爷有时候回来会提着塑料袋，袋子里面会有买的蔬菜、饼、馒头、包子等，这是第二天他们的早餐。一年四季他们都是这样早晚出门散步，除了下雨的时候。他们有一片自己的小菜园，他们会在这片菜园里种上应季蔬菜，一块小小的菜地被他们打理得井井有条，在这块菜地上会长出黄瓜、长豆、四季豆、玉米等。蔬菜成熟后，他们一般选择在下午吃完饭后，去摘明天要吃的菜,既消食又能锻炼锻炼身体。翻地一般都选择在早上,凉快。爷爷负责挖地,奶奶负责丢种子,帮着爷爷打下手。他们老说,自己种菜不用花钱到街上去买,既打发了时间又有事情可做,也能给孩子多存点钱,给孙子孙女多一点零花钱。菜地里的事情忙完后,他们经常还会坐在窗台旁,爷爷在剪脚趾甲,奶奶绣鞋垫,有时候爷爷剪不动奶奶会帮忙,秋日的阳光照在他们的身上,空气里都是平淡幸福的味道。还有每逢赶场的时候,爷爷就陪着奶奶一起逛街,奶奶喜欢吃的,她要买这个要买那个。买东西的是奶奶,后面付钱的总是爷爷,买回来的东西很多都进了我们的肚子。

爷爷退休了,我和他经常在一起交流。他经常给我讲他年轻时候的故事,也可以说是成就,我慢慢了解爷爷不一样的一面。

小时候的他只读过几天夜校,因为家里没有钱,很穷。会认识字,他自己就慢慢学习起来,后来到当地的粮站工作,几年后,就调到我们镇上的银行上班,从一个小出纳开始做起,刚开始什么都不懂,慢慢学慢慢干,一步一步地成为银行的主任。当时单位会举办篮球比赛,他个子高,经常会参加单位举办的篮球活动,也和其他单位打过比赛,爷爷说起这些一脸骄傲。奶奶是一个很好的倾听者,总会问一些问题,会让爷爷有兴趣滔滔不绝地讲下去。

爷爷很喜欢看书,在他的床头上,经常会放着一本书,爷爷最喜欢历史书。他拿一把摇椅坐在窗台旁,旁边放一杯茶,看着看着就睡着了。奶奶这时候会拿一条薄毯盖在爷爷身上，这是我在初中时一天下午放学回家推开门看到的一个场景。奶奶轻轻关上门把我领到另一个房间。在另一个房间，奶奶在缝爷爷掉了扣子的衣服，我吃着奶奶给我留着的饭菜，边吃边聊今天在学校里发生的有趣的事情。吃到一半的时候爷爷推门而入，看了我一眼就问我："放学回来了，上次你在我的书桌上拿的那本书，现在看到哪里了？"我说："看了几页，就没看了，学校布置的作业还没做完，没来得及。"奶奶在一旁宽慰着我说："不急，慢慢来。"奶奶虽然识字不多，不过她知道多读书的益处。爷爷就是身边最好的一个见证。爷爷看了我一眼，也没再多说什么了，也没有逼着我看。当时我只是很好奇，爷爷坐在摇椅上，看书的表情是一会儿笑，一会儿眉头紧锁，表情是很丰富的。我就很好奇他拿的书里面写的什么。等我后来长大了，自己看的书慢慢多了，也被书中的故事情节打动，后来也做跟图书有关的工作，渐渐就理解爷爷的表情如此丰富的原因，因为我也会有同样的表情。跟爷爷一样，我也喜欢历史题材的书。

　　周末放学回来，爷爷有空会教我们下象棋，练数钱，打算盘这些。爷爷的象棋下得很好。我和堂弟经常两个人对战爷爷，爷爷一边下自己的棋，一边教我们要如何走、如何布局。奶奶就在不远处坐着看电视，一会儿看看我们。说我们跟电视里面的猴子没什么区别，一会儿跳上跳下，一会儿又大笑大闹。奶奶不会干预我们。我们和爷爷也就无拘无束地对战下棋。接下来就是爷爷和堂弟对战了，我就旁观，观棋不语，不然很容易打扰他们的思绪。爷爷还教我们数钱，并分辨钱的真伪。奶奶也会参与其中，把点钞专用纸给我们，用好几种方法教我们数钱。练手感，练左右手，练着玩。点钞纸一会儿散了，一会儿又掉在地上，又好笑又好玩。奶奶就是爷爷手把手交的，奶奶嘴里一直说，不会不会，太难了。就这样我们在欢声笑语中一起度过一个下午。晚上奶奶会买卤鸡脚、卤肉给我们吃，周末晚上我又要回学校上晚自习了。学校离爷爷住的地方很近，走路来回也就10分钟左右的样子。我们都是早晚走读，在学校和家两边穿梭。有时候晚自习爷爷奶奶也会到学校来散步，等我们晚自习后一起回家。快乐的中学时光就是这样一天一天串起来的，三年中学时光爷爷奶奶陪着我们，我们陪伴着他们。

　　他们一直有锻炼的习惯，爷爷奶奶早晚都会坚持出去散步，锻炼身体，这个习惯影响着我的爸爸和叔叔们，还有我们，每天早睡早起。二爸很喜欢打篮球和看足球，也是受了爷爷的影响。二爸、老爸他们在老家的时候，会早早地起来，陪着爷爷一起散步，锻炼身体。聊聊他们父子之间的事情，我们作为晚辈也偶尔加入其中。都在老家的时候每天早上一大家人起来吃早餐，爷爷先坐下，家里所有人要到齐，全部到齐了才开饭，以前会觉得很麻烦，现在回过头来看，就是因为长辈的教导，所以后来我们都很少睡懒觉。这个习惯延续到了妈妈和婶婶们的身上。我们堂兄妹聚在一起，也会自觉早睡早起。我妈妈就是一个很有意思的人，我爸爸每天早上五点多给我妈妈打电话，叫她起来锻炼身体，爸爸妈妈在厦门的时候每天早上上班前都会5点多起来跑步，跑两圈回家，收拾好后，再去上班。后来妈妈回老家了，没人陪爸爸一起跑步，但是爸爸会5点钟左右打电话过来和妈妈聊天，手机沟通一会儿后，就准备去上班了。谁还睡得着啊！老爸"祸害"了老妈。老妈就来祸害我，每天早上六点多点就给我打电话，开视频，干吗呢？然后对我说："早上的空气好，起来锻炼身体。"一聊就是半个多小时，就这样持续了两个月，后来就不打了，我还开玩笑地和我老妈说："是不是要给您颁发一个全勤奖。"和老爸申诉了好几次，老爸说这是为我好。真的是可爱又无语了。打两个月后，妈妈就不再打电话喊我了。她知道我的生物钟调过来了。

在生活上爷爷奶奶对我们也是影响蛮大的，他们起床后被子总是整整齐齐地叠得好好的，我们起来后被子会乱七八糟的，早上出门时乱糟糟的，晚上回来就整整齐齐的。爷爷奶奶在我们上学后，会把我们房间的被子叠得整整齐齐。回家就看到清爽的房间，爷爷奶奶也没有指责我们，他们只是在前面默默地做出表率，后来我们起床后也习惯性地叠好被子，回家后看到整整齐齐的房间是一件愉悦的事情。厨房这块爷爷奶奶对我们的要求也是不低的。奶奶的厨房永远是干净的，整洁的。用帕子把厨房的灶台擦得很干净，厨房地板每次洗完碗后都会再拖一遍，奶奶总是说：厨房干净了，虫子就少了，咱们一家人就少生病。这些点点滴滴的生活习惯后来一直影响着我。

后来我参加工作了，跟爷爷奶奶就聚少离多了。回家的时候对我来说就很珍贵。

每次回家都要给爷爷奶奶提前打电话，告诉他们我们大概什么回去，爷爷奶奶就会为我们准备很多吃的，在外漂泊久了，想着最爱的爷爷奶奶。回到家，打开冰箱，里面堆着满满的吃的，好多都是我们最爱吃的。爷爷奶奶的爱就在这些小事情上自然流露出来，总是特别温暖温馨。

我在外面工作，经常会给爷爷奶奶打电话。工作遇到了压力，也会和奶奶说，奶奶会宽慰我，爷爷就坐在旁边听。有时候也会给我一些建议。在我工作遇到难处时，爷爷也会给我讲他曾经在工作中遇到难处时是怎么调节过来的，最终还是自己多花心思在工作上，精进自己。不要一遇到问题就推托抱怨，还是要正面去应对。他在工作中带了很多新人。他的学生都喊他张主任，他不会摆架子，但他很严格，有一次郭叔叔和我们聊到爷爷，说爷爷在工作上做事一丝不苟，处理的票据表格都是整理得很好很整齐的。郭叔叔因为工作出色调到县银行去了。爷爷也为郭叔叔感到高兴。

每年有假期都想回去陪陪爷爷奶奶，特别是春节临近的时候。爷爷知道我哪天到家，会早早地下楼在街口等着我，冬天的早晨天气是很冷，爷爷在街口，看着每一辆车过去，爷爷满眼期待。车停在他的面前，我从车上下来，看到爷爷就在面前，他顺手取过我的行李箱，说："回来了就好，总算是到家了！"我拉着爷爷凉凉的手，一起回家。到家一定是给奶奶一个大大的拥抱。亲亲奶奶肉肉的脸蛋。

　　过年了，一大家人陆陆续续地就到家了。叔叔婶婶他们有的回家比较早，帮着爷爷奶奶干点儿活，我们就陪着爷爷奶奶聊天。过年我们提前两三天回家，当时老家都没修房子，在街上二爸修了一栋三层小楼，这也是我们一大家人的大本营。二爸提前两天杀鸡杀鸭，坐在那里拔鸡毛、鸭毛，其他的人就帮着打扫卫生。我们就陪着爷爷奶奶打打麻将。欢欢喜喜迎新年。

　　过了除夕，又要开始为年初二奶奶的生日做准备。初二相比除夕更热闹，奶奶的生日，几个叔叔是很重视的，初一下午就要开始准备了，老家四叔住着，一家人回老家给奶奶过生日，光炖菜的炉子就有四五个，鸡肉和豆子是一锅，猪脚和海带是一锅，鸭子和酸萝卜是一锅，还有一锅白萝卜，咕嘟咕嘟都在炉子上冒着热气。二妈烧火，大妈炒菜，其他几个切凉菜，香肠、腊肉、牛肉、猪肚、豆腐干等七八道凉菜，还有提前泡好的鸡爪。厨房里面不时地会发出一阵阵的笑声，繁忙而又有序，我们就在旁边整理香菜、大蒜、小葱这些调料，各自分工明确。

　　初二早上10点左右，奶奶娘家的亲戚就陆陆续续地来了。舅公、姨婆、表叔、表弟差不多十多个人，后面就是大妈娘家的人，几个婶婶的娘家人都来了。二爸、五爸招呼这些亲戚。给奶奶过生日、拜新年，礼物有牛奶、水果、橙子，都能堆上半个房间。亲戚们给奶奶的生日红包，后来都会给爷爷，让爷爷存起来，爷爷会存在银行卡上。11 点 50 左右开始放鞭炮，6 盘大鞭炮，能放半个小时。大家再闲聊一下，就要准备开饭了，一轮坐 5 桌，要坐两轮。吃东西是次要的，亲戚朋友聚聚，聊聊是主要的。后面洗碗你做一点我做一点，虽然很辛苦，大家一起做也是蛮快的。收拾完厨房后，一家人在一起聊聊天，奶奶的生日的这一天，一来拜年，二来正好和亲人小聚。这就是人情世故，家里人都蛮喜欢热闹的，作为晚辈的我们看在眼中，是一种浓厚的家庭氛围。一大家人忙忙碌碌地操持着家里长辈的生日，都有参与感，看到叔叔婶婶的孝顺，兄弟之间的和睦。家里的堂兄、堂弟、堂姐、堂妹之间的关系也是很亲近的。这就是家风的传承。

晚上就剩下自己家人在一起，放烟花。陪奶奶打一会儿麻将，叔叔们一桌，小玩一下，奶奶的生日，爷爷不操心，都是几个叔叔分担了。爷爷奶奶开心，一家人就开心。叔叔们带头为这个家付出，我也问过叔叔们为什么不在外面请客，在家做饭请客不是很麻烦吗？二爸他们是这样说的："在外面吃只是吃了饭，吃了饭后大家都各回各家了，没有家里热闹，大家也没有参与感。过年一大家人好不容易团聚在一起，陪陪爷爷奶奶，让他们高兴。"为什么在家里给奶奶过生日的意义二爸只表达了一些，深想一下还有很多的原因，让家族成员更有凝聚力，增进大家的感情，爸爸、叔叔们孝顺父母是在行动上，给我们后辈做了榜样，等等。最终就是让我们这一家人越来越好。长辈们点点滴滴的行动都影响着我们。

过完年后，初六、初七一家人陆陆续续地就又出发去外地了，又是留下爷爷奶奶他们两个人在老家，刚开始他们也会有点儿不适应，过几天就又好了，接着又回归了他们平静的退休生活。叔叔们有的在南充买了房子，有的在大邑县买了房子，有的在眉山买了房子，我们家在老家修的房子。叔叔们也会经常把爷爷奶奶接过去住上一段时间。有一年奶奶和爷爷到成都参加舅公儿子的婚礼，我也在成都，去舅公家吃了饭，请了一天假陪着爷爷奶奶转了转成都，陪着他们在成都坐公交车到春熙路走走，让爷爷奶奶吃了冒菜，他们一直说好辣，爷爷在春熙路的天桥上看着春熙路的车水马龙，我陪伴在旁边。舅公带着爷爷奶奶去了杜甫草堂、武侯祠、荷花池，舅公是他们的向导，把爷爷奶奶照顾得很好。这一趟他们在成都待了4天左右，后面就去大邑县、眉山、南充转了一圈，接着就回老家了。这一趟是爷爷奶奶最后一次出远门了，年纪也大了，出远门没有家人陪同，我们都是很不放心的。

爷爷奶奶他们在一起风风雨雨走过60多年，从青春走到迟暮。一起风雨陪伴几十载，爷爷奶奶的青年时期我们了解很少，只能通过每次在陪伴的时候听他们娓娓道来，听着爷爷奶奶讲述他们年轻时候的故事，生活是不易的，一步一步要向前走。

爷爷奶奶的是我见证的幸福婚姻之一，他们没有轰轰烈烈，只有平平淡淡的生活。平淡的生活也是简单的幸福。有你为这个家的付出，有我体贴您打拼不易，相濡以沫的几十载。奶奶去世后，爷爷很多时候都在老家，妈妈照顾着他。爷爷一直给妈妈说，奶奶很贤惠，这个家因为有奶奶的付出和打理，才会有如此兴旺的一家人。

爷爷奶奶离开我们已有 5 年了，晚上做梦有时候也会梦到他们。他们传承给我们的家风，在我这一代延续，叔叔们也都传承了爷爷奶奶的幸福，家里的爸爸叔叔们都是"耙耳朵"，不是怕老婆，是尊重是爱！

最简单的动作就是牵手、揣兜！平淡又不平凡的生活。故事在传承，幸福也在传递。

思念我的爷爷奶奶！

一厢同眠

祝厢同挎着布包，一面走，一面抬头看头顶上的广告牌子。穿过一条街，左边拐角处是一家古董店，旁边那家店的装潢，跟古董店分属两个年代。霓虹灯绕着广告牌的四周跑了一圈，棕底白字，上书"美浓广告公司"六个大字。

厢同理了理藏蓝色制服的立领，一眼瞥去，彩色玻璃门前摆着一长溜月份牌，是画师新为哈德门香烟画的。

她这副装扮他还不曾瞧过——鬈发四六分界，少的那半边别在耳后，露出一大颗圆溜溜的珍珠，更衬得她的面庞润白软腻；多的那半边任其披散而下，几缕不甚听话的发丝略略拂过她的凤眼，眼中风情欲露未露，挠得人心痒。左手两指懒懒地夹着香烟，右手支在左手肘下，两手各戴一个红玉小镯，露出一大截凝脂般的玉肌。画上人倒是静止的，但那镯子仿佛下一秒便要从手腕上往下滑似的。小巧玲珑的身体裹着一件阴丹士林改良石青长旗袍，腰间多出两溜细长布条，松松地打了个结，使得腰臀处横生无数不规则的褶纹，比之寻常旗袍，多了几分别致心思。

"她今天会不会看我呢？"厢同忍不住这样想。

这段时间以来，他天天下学后便跑到这里来看她。十几个靓丽女郎们在玻璃门里进进出出，时日久了，全都认得他了。

有几个活泼些的打趣他："同学，又来寻意眠是不是？侬真个痴情呀！"

厢同抿抿唇，不说话，只朝她们略略点头。

问话的几个见此笑作一团，旁边几个还没等到黄包车的见她们笑得放肆，也掩了唇跟着笑起来。

到底是年轻了些，他的俊脸上透出一抹薄红，心里是有点恼的：想要见的偏偏不理他，不想理的又偏偏来招惹他。

不待他多想，门里又走出一个女郎。依旧是四六分的鬈发，腕上依旧戴着那对红玉小镯，只是今日她穿了一件粉底琨边团花旗袍，眉浓唇红，出来时先朝厢同的方向扫了一眼，随后极快地看向一旁还没走的几个人："都立在这里做什么？"

为首的那一个叫敏贞，穿着月白丝缎飘带洋装，她听了意眠的话只撇撇嘴，并不答话。随后牵起旁边那一个被她唤作琦玉的穿靛蓝琨黑边旗袍的女郎的手，贴近附在她耳边低声说了几句，又抬眼扫了下立在一旁的祝厢同，然后拉着琦玉走了。

二女在拐角处分开，敏贞抬手招了辆路过的黄包车，撩起裙摆坐上去，脑海里想着门外那两个对站着的男女，一时陷入沉思。

来美浓做月份牌女郎的都晓得，孟意眠人是顶美的，但是不大好惹。

几个女郎中确实是有人对那个男学生存了些心思的，大家都心知肚明，谁有本事拿下算谁的。

她们数过，再有几天就整整四个月了。四个月，那个男学生天天下学后都来看她，意眠却没跟他说过一句话。

只是很偶尔地，投去一个眼神。

众女心里很有些不平，尤其是有几个没嫁人的。姿色上，她们确实比不上意眠。但毕竟是能上月份牌的脸，打扮起来，也是很亮眼的。

旧式家庭里敢出来做这个的，都是勇女子，反而看不太上青涩的男学生；新式家庭里出来的，家里都尚算开明，她们要找，更愿意找个与自己有共同理想爱好的。

敏贞当时听到这些话，对这些勇女子和新女子的言论嗤之以鼻。

她家里是做烟草生意的，接触了些政界的人，上次跟着家里的大哥出门赴宴，才晓得祝厢同的家里那般显赫。

从政的和从商的到底是不一样的。

攀上了祝厢同，那便是攀上了一棵不可估量的粗硕大树。

如此，便再也不用为争得出门赴宴的机会和时髦靓丽的洋装，与家里的一众姐妹们扯发撕衣，仿若泼妇般嘴脸可憎。

敏贞还记着上次和三妹敏君抢那件新做的洋装时，大哥闵文靠在门边上，津津有味地观赏着妹妹们为一个男人争抢的场景，而这个被争抢的男人是他自己。

明明敏君穿上这件衣服像钢笔进麻袋，压根撑不起来，但她偏偏就是要和姐姐们争抢。

闵文这个做大哥的倒很会一碗水端平，他从不偏爱任何一个妹妹，每一个妹妹都被他唤作"小妹"。

七个妹妹，七个"小妹"，鬼知道他在唤谁。

他们家看着光鲜，但陶太太只看得见儿子和家世体面的女婿，陶先生只看得见钱财和权势。

陶家的姑娘们都在保姆的怀中长大，姆妈会告诉她们："侬想要撒，个么阿拉去抢特好伐？"

想要什么，那就去争。敏贞从小便是这么做的，她做得很好，姐妹中她最会争抢，因而见过的世面也最多。

敏贞觉得意眠太傻，甚至都有些蠢了。意眠要是攀上了祝厢同，她今后的人生便是一片坦途了。

想到这里，敏贞突然极力克制自己不再想下去。

她觉得不可思议，自己居然分出了一些心神来怜悯意眠。要是他俩真攀上了，那么自己呢，继续跟家里的姐妹们争抢吗？争到哥哥们看得尽兴了，然后才带她出门？

敏贞刚来美浓时，颇有些想在众女里出头的意味。旁的姑娘倒都服她，毕竟陶家，在外人眼里是很阔的。

只有意眠不大理睬她。

敏贞想挖苦意眠的想法刚起了个头儿，就被琦玉按下了。

琦玉是听茵罗说的。比起敏贞拿琦玉当陪衬的友谊，显见的，琦玉跟茵罗更为要好。

茵罗跟意眠住同一条巷子，她家里的事，茵罗是从她阿嬷那里听来的。

意眠家里，说起来很有些可怜。

十二岁那年，一家三口从外地搬来。

她妈叫娴芬。茵罗听她阿嬷说："伊个女人长得老好看额，跟伊打招呼，伊就抿着嘴笑，不过身上嘛净是伊男人打额伤。伊也勿晓得躲，哎呀……"

她爹叫孟涟，行二，平生只做两件事：喝酒和想儿子。每回喝了酒都要发癫，把娴芬按在床上弄，一面弄一面打。

意眠这时会守在门外，听娴芬强忍着发出嘶哑的痛呼，像夜里受伤的野猫，低地，轻微地……

等孟二完事了，提起裤腰带一面走，一面嘴里胡乱咧骂着："这么久了下不出一个蛋，早晚撕烂你的肉……"

她幽幽地盯着孟二肥而微驼的背，好半晌，才进屋给娴芬擦血换衣裳。

娴芬柔弱的带茧的手捂着肿起的脸，嘴里轻声地嗫嚅："乖囡，妈没得事，我自己收拾，你出去耍嘛……"

意眠不说话，用同娴芬一样弱柔却腻白的手，脱下她身上已被撕裂的衣裳，再用温水沾湿帕子，细致地擦过娴芬身上青紫的痕迹。

有回孟二又发癫，把娴芬打昏过去了，撕裂的旧衣裹着瘦细的身子，大喇喇地瘫在木架子床上。意眠跪在床边唤了她好久。娴芬悠悠转醒后，看到意眠腮边没拭干的泪，她依旧嗫嚅着："妈没事……"意眠腮边又滑过一滴泪，她到底还是说不出让女儿出去的话。

等天擦黑时，意眠去茵罗家借麻绳。

茵罗阿嬷问她干什么用，她答："绑畜生用的。"茵罗阿嬷当时还纳闷：她家里哪里来的钱买畜生，不是都叫孟二拿去买酒去了吗？

半夜，巷子里的人听到中年男人的惨叫，像杀猪刀捅进猪脖子后，猪发出烈惨的叫声，一些声音被涌向喉咙的血浆抑住，没那么尖利了。但孟二的声音不怎么实，虚虚地从巷尾那间破屋里钻出来，悠悠荡荡地在巷子里徘徊了半夜。

第二天，众人没见着孟二去喝酒，听说被打瘸了腿，躺下了。

茵罗的阿嬷想起昨夜的惨叫，又想起意眠来借绳子时说的话——"绑畜生用的"，她突然打了个冷战。

孟二这一躺足足躺了三个月，嘴里仍旧骂着不入耳的话："黑心烂肺的狗杂种，动手动到你老子头上来了……"但却没办法再动手打人，娴芬身上的痕迹慢慢消了，恢复成从前光洁白腻的样子。

　　那双弱柔带茧的手从绣绷上忙活到灶台上，掏空的家因为孟二，竟也能喝上鸡汤。"乖囡，把这个给你爹端去，看着他喝，莫洒出来了。"意眠凝着娴芬的眼，里面是细微的不自知的惧意。

　　她接过碗，转身进了屋子。刚走了两步，身后响起女人渐远的声音："灶上还给你留了一碗，出来记得喝，凉了就腥了。"意眠扭头，看着走到矮凳上坐下绣花的女人，手一抬，将那装着鸡汤的豁口碗靠进嘴边，喉咙起伏，浓白的浮着粒粒圆油的汤便消失在碗里。

　　意眠拎着碗走到孟二躺着的屋子门口，眼神幽沉地盯着深蓝老布做的门帘，听着他在里头呻唤，好一会儿，才又拿着碗出去了。

　　走到檐下，见娴芬微垂着头，手上动作翻飞，瘦细的身子被天光照着。这番景象使她眼里的幽光变得柔了，软了："妈，他喝了。灶上的汤你去喝，我觉得太油了。"

　　娴芬用针尖搔了搔乌浓的头发："妈不喝。专门给你留的，快，去喝了。"意眠不说话，走进厨房里，放下那个豁口碗，又端起那碗尚热的鸡汤，稳妥而迅疾地走到娴芬身边，把碗递到娴芬嘴边："妈，你喝吧，不喝我就拿去倒了。"

　　"你这孩子，真是……"娴芬张嘴刚说了半句话，意眠便把碗微微倾斜着，怕汤洒出来，她不得不顺着意眠的动作衔住碗沿，缓慢地吞咽着。

女人眼里是久违而遮掩不住的满足，意眠因着这种满足也变得满足起来。

她想维持这种满足。

等孟二的腿刚刚能立起来时，他便忙不迭喝酒去了。

冬天的夜黑沉沉的像墨，巷子里的人只见着孟二出巷，没见他回巷。

一大早，天还没亮透，有人敲响了孟家的门，让他们去领人。娴芬那双弱柔细瘦的手紧紧抓着女儿的衣袖："乖囡，领他回来做什么？他又不是不认识回来的路……"

意眠揉搓着她冰凉的手，缓声道："妈，他死了……往后没人会打你了。"

抓着衣袖的手霎时放开，娴芬无力地瘫在地上。意眠扶着她走进屋里，倒了杯热水，看着她喝了，又让她躺回床上："妈，你就在家里等着，我去领他。"

到了那里，意眠看到孟二被一块发黄的白布盖着，肥圆的身躯硕大，好似比原来大了整整一圈。短胖的手指从布缘露出来，被水泡得发白，手上那个以前被她用火钳烫出的疤已经肿胀得看不出原来的形状了。

后事办得简单。

巷子里的邻居来吊丧时，意眠便穿着丧服立在一旁，眼睛里无情无绪的，仿佛死的是个不相干的人。

有个女人悄声嘟囔了一句："看到就是个心狠的哦，爹死了也不哭一声……"茵罗阿嬷恰好站在不远处，这句话钻到她耳朵里，她抬眼扫了意眠一下，心里有些毛毛的，本不欲开口答话，却又扫到一旁白净细瘦的娴芬，她脸上再没有青紫的痕迹，茵罗阿嬷的心蓦地软了一下，她想，娴芬笑起来多好看啊。

茵罗阿嬷是个吃过苦的心软女人，她把看到的意眠家的事情讲给她家茵罗和邻居听。

日子好像突然就好过起来了。

娴芬的绣品虽卖不上高价，但因花样新颖，绣出的倒全都卖出去了。

意眠经茵罗引荐，进了美浓广告公司做月份牌女郎。

她的美，是刚刚好就美到人心上的一种美。

美浓的老板爱她，画月份牌的画师爱她，花钱的民众也爱她。

爱她这一身皮囊。

刚刚进美浓一年，意眠就成了美浓的头号月份牌女郎。上海滩众多画室的画师，说起女郎孟意眠，就没有不知道的。

敏贞想到这里，又有些切齿了——明明是从外地来的破落人家，怎么总是能越过自己？但她随即又想到娴芬和孟二，有这样的爹妈，祝厢同的家里头恐怕是不同意的。

这样一想，她稍稍放下心来。只要自己抓住一切可争的机会，即便祝厢同无意于她，但只要借一借孟意眠的东风，说不定，便能嫁进祝公馆了。

祝厢同这头，还在因意眠今日只扫了他一眼而生气，下一瞬又因为一旁的女郎抬眼看他，转而咧开笑颜。

意眠的眼被这明烈的笑容灼了一下，那股烫意顺着皮肉钻进心里，她的心也被灼了一下。她不敢过多地感受这股烫意，她深切地知道，这是一股能教人毁灭的灼烫。

"你不要再来了，你该好好念书的。我听她们说，你家境很好，那么，你该有机会出国的，听说外国很先进，很新鲜……"她组织了一下措辞，清凌凌的眼不含一丝别的什么情绪，就那么看着面前的男学生，像一个劝学的长辈，说着一些不动听的话，引得他频频皱眉。

厢同觉得自己的一腔热情被她浇灭了，一丝火星子也瞧不见。那双俊眼掠过她清凌的眼、润白的脸、柔腻的臂，再滑到她纤细的双腕，以及腕上那对红玉小镯。镯子里头是能看到杂质的，但却红得出彩，衬得本就白腻的肤莹莹润润似刚熬好的脂膏，还带着热气儿，软而暖。

"你的这对镯子颜色很衬你，但是水头不怎么好，我买对新的给你戴好不好？"少年人的嗓音清朗，因比意眠高出很多，只得微微低下头去，渴切地看着面前亭亭玉立的女郎，生怕她说一个不字。

她抚了抚腕上的镯子，像是陷入了某些久远的记忆，声音缓缓地说道："这对镯子是我妈给我的，是差了点儿，但以后也是要留给我女儿的。你不要给我买东西……不正不顺的，我不会要的。"

意眠怎么会取下这对镯子呢，孟二往死里打娴芬，逼她拿出这对镯子时，娴芬可是没吭声的。待孟二埋进土里，她才献宝般寻出这对镯子套在意眠手上："这是你外婆留给我的，他要了好多回，我没给，这个可是要留给你的，等你往后嫁了人，生个小乖囡，然后你再留给她……"娴芬的嘴角挂着笑。自那以后她常常笑。

意眠满足于这样的生活。

但她细细思量了一阵，惊觉自己脱口的话语里有一种莫明的意味，好似只要正了顺了，她便能收下他买的东西了。

果然——

厢同突然有些难启齿："……若我娶了你，这样便正而顺了。"

意眠的心猛地跳了一下，好似心事被戳穿，而后被曝晒于阳光下。她有点难堪了。但随即又镇定下来，自己确实是要嫁人的，却与面前的人毫不相干。

"你念的是圣贤书还是新文学呢？想来应该知道，时代的确在改变，但却不是一蹴而就的。门第之见，至少在很长一段时间内不会有大的改变。你的家庭和我的家庭差距太大，你的家里，要么会给你找一个旧式闺秀，要么会给你找一个留过洋的小姐，总之不会是我。你……"她想说他太天真了，想了想又作罢。有些话她就算说出来，情窦刚开又在膏脂堆里长大的少年想来也不会懂。

但厢同分明地感受到她未言的情绪，他有些讨厌自己的年

147

龄和家庭了，沉默了一阵，到底还是鼓起勇气问了出来："那你对我呢，抛开家庭，抛开一切，你对我有没有一点点的感觉呢？我这样稚嫩甚而可笑的情感，你有感受到吗？"

少年人总是情绪澎湃的，什么事情都想要寻个答案。

而从苦日子里过来的意眠，再怎么幻想浪漫，也不会在其中沉溺的。她深知自己要的是什么。

但终究有一些难言的、暧昧的情愫充斥心间。

意眠的心从很久以前开始就变得硬了，此刻却说不出否认的话。只得垂下长长的黑睫，敛住了眼里翻覆的情绪。

到底是给了少年人自我思量的余地。

厢同又露出那种让人心灼的笑容，眼神奕奕，里头尽是散不去的欢愉与悦然："你不说话，就是默认了。"说完这句话，更是止不住的高兴外溢，仿佛自己知道了什么了不得的事。

他也不待意眠答话，自顾自说了下去："你不知道，我在我三姐的桌子上第一次见到你的画报时是一种怎样的心情，我承认那是很浅薄的，但我依然忘不了那时的心情。你方才说到出国……我的确是要出国的，我大哥说明年开了年便送我去英格兰学建筑，可是我想学拍电影。就像影星阮玲玉那样，我也想把你放进我的电影里，如此……你的美丽就能被永久保存，若干年后，人们还是能见识到你的美。你不该被掩埋在时间的尘埃里慢慢消散，你应该被看见。"

他激情地抒发完自己的感想，却不见面前的女郎有任何回应，心里的热切流散了一部分，剩下的那部分，依然支撑着他把话说完："你会等我吗？等我学会拍电影，然后把你放到我的电影里头……"

意眠突然觉得难过。

她不知别的人一生会心动几次，但她，自少年在熙攘街头第一次出现在她的世界里起，她就心动了。

一种短暂的却石破天惊的心动。

她羡慕那些敢于自由恋爱的女子，无论是旧女子还是新女子。而她自己承受不了被人玩弄感情的后果，尽管那些尚不曾发生，尽管她可以像娴芬给她念的词里"纵被无情弃，不能羞"那般洒脱。

意眠清醒地知道，她的人生，从钻出娴芬的肚子和拥有孟二那样的爹开始，就该嫁给一个可靠的、有担当的男人，然后在这忙乱的世界里，经营好自己的家。

她也清醒地知道，这不是自贬，不是悲观，也不是觉得配不上，只是一种稳妥而长远的选择。

娴芬和这个家，再经不起任何动荡了。

被装进电影里的幻梦，确实令她心动，却也离她颇为遥远。她从巷尾那间破屋走到美浓的画室，就已经耗尽了心思。而位于城中的祝公馆以及遥远大洋彼岸的英格兰，于她而言仿若天堑。她跨不过去，也无意跨越。

意眠别的优点不说，现实和清醒很是突出。这些优点掩盖了她的难过。

她依旧用那双清凌的眼看着少年，掩藏住诸多的悸动与青涩，声音朗朗地说："那么，我便祝你学有所成了。"

美浓广告公司外头摆着的月份牌换了一茬又一茬。

茵罗结婚了。

意眠听娴芬说那男人是茵罗同乡的表哥，前几年在南洋做生意，赚了些钱，在那边置了些产业，打算把茵罗和她阿嬷都接过去住。

第二年春时，意眠看到一个略丰腴的妇人抱着婴儿从茵罗家走出来，后面跟着茵罗阿嬷和一个拎着藤箱的高壮男人。那个小婴儿手里抓着妇人卷曲黑亮的头发，嘴里咿咿呀呀，晶亮的口水从红嫩小嘴里流出来，能看见两颗白白的小米牙。许是被扯疼了，那妇人转过头来，想把头发从婴儿手里扯出来。圆脸圆眼，比以前黑些了，脸上的光泽倒同以前如出一辙——正是嫁去南洋的茵罗。

回到家后意眠向娴芬提了一句，却听她一面捻线穿针一面念叨："我晓得呀，茵罗带着小孩儿和她男人过来看我，还买了好多东西，哎呀，弄得我怪不好意思的。"顿了顿，她又接着道："你看到了也不晓得跟人打个招呼，她还问起你呢，问你现在怎么样，什么时候结婚……这孩子跟她阿嬷一样，是个热心肠的，你们一起在美浓里头的姑娘，是不是有个叫琦玉的？茵罗说她也要结婚了，人还是通过茵罗的男人认识的。唉，眼

150

看着一个两个的都结婚了，你还没着落呢……"

意眠知道娴芬接下来要说什么，忙站起身去厨房做饭了。

如果有得选，她宁愿一个人，但娴芬那样上心，又那样焦怯。她的婚姻，不是她同她丈夫的婚姻，而是承载着一个弱苦柔婉的母亲，想要自己的女儿不步后尘、寻得良人，共同经营一个家的微小愿景。

它温暖，略微的沉，一点也不宏大。

美浓外头摆着的月份牌又换了几茬。孟意眠的名字从头溜到尾，一不留神，便从那一排女郎里头溜出去了，悠悠漾漾，溜进了城东米粮店少东家宁成奕的婚书上。

这是茵罗第二次回来看她阿嬷时，顺便给介绍的。意眠当时觉得多半不会成，"少东家"三个字使她退却，但"米粮店"三个字，还是促使她去赴约。

未料成了。

茵罗和她阿嬷又拎着东西来看娴芬母女，四个女人并一个小婴儿坐在院里头晒太阳。茵罗这回生了一个女儿，还怀着孕就回来了，生也是在这边生的，男人两头跑，没见他抱怨过。

她一面轻轻拍着小婴儿的背，一面吃着刚从树上摘下来的樱桃，絮絮叨叨地同一旁翻书的意眠道："我说了一定能成的，他知道你，有意很久了，只是一直没机会。若贸然来找你，倒使人觉得奇怪，恰好我家那位跟他们家有来往……他虽有一份家业，却够不上那个男学生家里，你也莫要觉得有什么。"

意眠一边听她讲，一边忆起那个少言的男人。他没有许下要把她装进电影里的宏愿，只是跟她说："我见你一直戴着这对镯子，想来是很珍视的，便买了一对另外样式的镯子，也是红玉的，偶尔换着戴戴也是好的。"意眠没有推却。分别时，她踮脚在他脸上落了一个吻，而后退开，静静地看着他脸上慢慢现出红晕。

被玻璃门外痴情的年轻人挑起的悸动，在时间里缓慢地消散、湮灭。她想，她再不会有这样的悸动了，对这个少言的会脸红的男人也不会有。

但他使她觉得安心，随着时间的浸染，她的心便被这种安心占据，满当当的，沉甸甸的。那些短暂的、使人激动的情绪再钻不进她的心里。

于是意眠也结婚了。

茵罗、琦玉，以及几个在美浓时关系不错的女郎都来了，敏贞也在里头，这是意眠不曾料到的。她同几个女郎一起进了新房，率先拿出一套珍珠首饰递给意眠，而后有点惋惜又有点莫名地说："我还以为你会等祝厢同，那几个没来的还以为自己有机会呢，嗬，少年情浓，哪那么容易轻易就改变自己的心意？"就连她自己，不也是么，以为自己有机会，还起了利用意眠的心思，然而呢……

屋子里弥漫着一种略微低迷的氛围，茵罗和琦玉以及一旁的几个女郎其实也有些惋惜，意眠那样的美，而那个男学生人也很俊朗，他们看起来太般配了。因自己不敢去想，便将一些幻梦寄托在美丽的意眠身上。

茵罗和琦玉怀里各抱了一个婴儿，只用手轻抚着婴儿的背，其他几个亦不出声，有的要么已嫁做人妇，要么就在谈婚论嫁。她们这一茬女郎，尚留在美浓的已没几个了。忙乱的世界里，美貌是敌不过安稳的，嫁人结婚不是目的，有一方自己的小天地好生过日子才是目的，尤其是过过日子的，更加知道，意眠是对的。

意眠却没什么多余的心绪，自她在宁成奚身上获得一种安心的感觉后，她便被这种感觉浸染了，并未察觉她们的低迷，反而打开敏贞递过来的那套首饰，拿出来一条珍珠项链往脖子上比了比，道："敏贞，我以为你不会来，多谢你费心，我很喜欢。"顿了顿她又问："你什么时候结婚？届时别忘了请我们去喝杯喜酒。"

敏贞理了理耳边的鬓发，觉得这一屋子的女人都比不上意眠，包括自己也比不上她。她觉得意眠命好，单是样貌便将她们远远地甩在后头。即使有个不成器的爹，但也并不影响什么，一切好的都围在她身边，先有祝厢同青睐，后又有宁成奚求娶。

米粮店自是比不上祝公馆，可即便是敏贞那位只看得见家世的母亲，也是着人打听过这个少东家好几回的。她倒对宁成奚无意，但只要是让陶敏君不痛快的事，她乐得见他和意眠成眷属。

随即又想到自己将要嫁的那个男人，便有些底气了，用手支着一边脸颊懒懒地道："我倒不似你们这么急，一个两个都恨嫁，巴不得把自己嫁出去。不过也快了，日子定在今年冬月，到时可都要来啊。"

真奇怪，敏贞跟家里的姊妹争得不可开交，却愿意跟这群一同共事过的女郎待在一起，尽管她知道她们不大待见她，但她愿意待在这里。这群已嫁和待嫁的女人让她觉得真实、温暖、鲜活。

美浓广告公司那个棕底白字的广告牌被取下来换成天裕洋行的广告牌，包括左边古董店以及右边几家店面在内，全部都被买下变作了洋行。

意眠、茵罗、琦玉、敏贞以及其他几个嫁作人妇的女郎约在茵罗家里小聚，都是怀里抱一个，肚里揣一个；要么便是怀里抱一个，手里再牵一个。

茵罗最夸张，已经怀第四个了，她也有些羞赧，觉得自家男人不知收敛。便是意眠和成奚两个也才把老二生下来，她阿嬷说那个少东家可是把意眠当眼珠子似的疼，舍不得她受苦，生了老二便不打算生了，倒是意眠想再生一个。

她当时听到这些还气了一场，怪他不心疼自己，男人并不争辩，只是往阿嬷家跑得更勤了，两头跑到底太累，几个月下来人变得黑瘦黑瘦的，茵罗的心就软了，再不说他不心疼自己的话。甚而想着，生便生吧，阿嬷正说呢，以前家里人丁不旺，现下正好由她来振兴。她阿嬷当她是猪呢。

众女坐在浓荫的院中，一面吃着井水里浸过的葡萄，一面闲闲地叙话。院里哇哇呀呀全是奶娃娃的声音。

坐了一阵，茵罗阿嬷和娴芬手里头拎着些蔬果和一大包东西过来了。娴芬这几年不怎么操心，没了以前的弱气，只剩柔婉在身上。只先头绣花熬坏了眼睛，女儿女婿都不准她再做伤眼的事，她倒不再绣花了，只是仍闲不下来，便给外孙和外孙女做了许多小衣裳。

今日恰好意眠回来，就都一并给她装上了。其他几个小娃娃也有份，或一双虎头鞋，或一顶福字小帽，都是虽小却花了心思的东西，女郎们开开心心地收下。敏贞本不想收，拗不过娴芬，终是收下了。不是她看不上，而是拿回去她婆婆又要奚落她。她这几年过得不如意，眼角眉梢都能窥出一二。这番婚事是她自己争来的，原是要落到二妹敏舒头上。既是争来的，便是吃了苦头也要藏着掖着。

她们还以为她过得很好。洋装首饰应有尽有，哪里不好呢？但又哪里好呢？他在外面养着好几个女人，他妈一点儿也不管，反正儿子有后了，只要不闹到家里来都行。

那回她抱着刚满一岁的孩子回家，说了自己要离婚的打算，未曾想陶先生陶太太对女婿很满意，仿似没听见她说话。她再会争也争不过自己的爹妈。

等抱着孩子从会客厅往外走的时候，敏舒拦住她说："你

155

猜你怎么才争得这门婚事的？"敏贞后知后觉地想，原来咬人的狗是不会叫的。

娴芬热切地把福字小帽递给她的时候，她竟说不出拒绝的话。她看看挨着茵罗坐着的意眠，慢慢地意识到，意眠不是命好，只是她有能力让自己好。这个好跟她出身如何、嫁给了谁毫无关联。

她有些敬佩意眠了。

天将擦黑时，众女出了茵罗家的门，像一只只倦归的鸟，扑噜噜飞回自己的巢。

宁成奚同往常一样，站在树下等意眠，待她走近了，方从她怀里接过小婴儿，另一只手伸过来牵住她，一只水头极好的红玉小镯便在她纤细的腕上晃了两下。他偏头柔声问她："老二今天乖不乖，闹你了吗？"意眠也偏过头来看他："今天满院子小娃娃，他欢喜得很，都困了还不想睡，喂了几口奶就撑不住了。"说完她轻声笑了一下。成奚听到她的笑音，嘴角也不由得弯了弯："你们几个倒难得，往后多走动走动，别生疏了。"意眠轻轻地点了一下头，成奚见她应和自己的乖巧模样，忍不住俯身去吻她的脸颊。

到家后，成奚把小婴儿放到房间里的小床上，轻缓地脱去他外头的衣裳，又给他盖了一床小被，才去了外头寻意眠。

意眠已换了睡觉时穿的衣裳，她自己用没染色的棉布缝的，松松的像袍子一样的款式，掩住了她玲珑的身姿，反而有一种欲遮未遮的韵致。成奚不无得意地想，她这番模样，只有自己能瞧见。有点幼稚，却令他满足。

无论看多少次，成奚还是会为她心动，不仅仅是她那副皮囊，更是皮囊底下鲜活的灵魂。她为他生了两个孩子，把这个家经营得紧实而温暖。

他其实知道，她并不是为他而生的，只是她生命中需要几个孩子，来填补她那些不为他所知的创伤。而恰好，孩子的父亲是他而已。

意眠终于生了个女儿，她盼望她的到来盼望很久了。不是她不喜欢老大老二，而是意眠把她看作是娴芬和自己的延续——悲苦与无奈之中柔软与希望的延续。

意眠抱着满是奶香的小女娃，突然想去美浓公司外头的街道走走。

扛着相机路过美浓旧址的祝厢同看到的便是这幅景象，仿佛又回到他站在美浓外等她的日子，她依旧穿着旗袍，都是颜色浅淡轻柔的料子。也没有烫发了，乌浓的头发被她用簪子挽在脑后，露出仍旧润白软腻的面庞。因已做了母亲，身姿比以前更加腴美，一点妆也没有，清素约雅。眼睛里浸润着他不曾见过的满足，他看她指着那一排洋行精心挑选后挂出来的月份牌中的一个，对怀里的孩子道："宝宝看呀，看呀，那个上头是妈妈呀，好看吗，妈妈是不是很好看？"

祝厢同的心里泛着迟来的难过和酸涩，但全部的感觉都很

157

轻微了，在他胸腔里涌动着。他举起手里的相机，对着那对母女，按下了快门。

咔嚓——

这声音一响就是几年，他的电影里走进了各式各样的女子，她们的美都被他留存下来了。若干年后，应该会有有缘人能见识到她们的美。

咔嚓——

厢同也结婚了，新娘是个小学教师，水绿绸缎细褶旗袍裹着她纤细的身，如云的秀发拢在背后，笑起来一双眼儿弯月般直勾人心。

忙乱的世界里，咔嚓一声——留下一抹也许会褪色，但却不会消散的痕迹。

唯有青山见你是

　　窗外大雨如注，伴随着电闪雷鸣，窗内一妇人汗流满面，在声嘶力竭后双眼微闭呈疲惫痛苦状，两个接生婆候在屋内，一接生婆抱着啼哭不止的婴儿轻轻抚慰，一接生婆指挥着屋内丫鬟进进出出，忙作一团。待妇人睁眼，接生婆便移步床沿把孩子给妇人看了看，妇人眉眼弯弯，欣慰地笑了，脸上仿佛也有了血色。

　　一丫鬟行色匆匆，进房行了礼。"夫人，府外有一鹤发翁，拦他不住，非要进来，说与小公子有缘，要赠礼物。"丫鬟想着那人如此笃信的模样，也难免有些好奇地看了看这小婴儿是男是女。夫人听见倒是先吃了一惊，忽地想到了什么，忙叫丫鬟请人进来。

　　鹤发翁不紧不慢地跟着进了屋，作揖道："夫人，老朽这厢有礼了。"也不等夫人开口，便自顾自地来到了床前仔细观察着赤子，而刚还哇哇叫的小公子此时已眉眼带笑，众人皆称奇，只见鹤发翁闭眼轻晃了一圈脑袋，掐指一算，待睁眼时已是满脸笑意。"恭喜夫人，贺喜夫人，此乃贵子，必成大器。"夫人闻言连忙称谢，给丫鬟递了眼色，丫鬟便出了门去，待回来时停在鹤发翁面前，双手奉上真金白银。

鹤发翁摆手道："然命中有两劫，亦不可小觑，能否逢凶化吉，遇难成祥皆是造化。我与他有缘，赠一红绳系于手腕处，愿能护他平安。"说罢，他伸手拿过系在腰间的葫芦，喝了好大一口酒，摇摇晃晃地出了门去。而夫人已不知何时闭上双眼，轻微低头，将双手合掌于心口处，两掌竖直，一脸虔诚。

冬去春又来，学堂响起朗朗读书声："人之初，性本善。性相近，习相远……"一小儿坐在窗外的石墩子上听学，嘴里也跟着默念。待熟读之后，先生又叫学子们在纸上写下，小儿便趴在窗户上偷看，手上学着如何动笔，一会儿站起来学，一会儿又蹲下拿着石头比划，一个没站稳，踉跄了几步。动静有些大，学子们停下了笔，纷纷有些好奇地看向了窗外，正巧小儿也有点心虚地看向了窗内……于是乎，小儿撒腿便跑，竟翻了墙逃之夭夭。

放学后，其他学子径直出了学堂，都被家仆接回了家，只一学子好奇地绕路来到了窗外，看到了地面上杂乱无章的脚印和石墩子上密密麻麻的字，呆愣了半响。"慕小公子，慕小公子，你在哪儿？"耳边传来家仆心急如焚的呼喊声，慕初这才回过神来。"在这儿！我在这儿。"家仆看见公子才长舒一口气，扑通一下跪下了："公子让我好找，下次可不许这般淘气，不然老爷可得重重罚我。"

慕初拍了拍胸脯："你且宽心，我又不是任性好玩之人，不会让你受罚的。"然后家仆就看见他循着沾满泥土的脚印自顾自地往前走了。家仆跟在后面，一面墙挡住了去路，墙上竟也留着一个小印子。

"把我抬上去看看。"慕初带着不容拒绝的口吻，家仆在使劲儿的时候微不可察地叹了口气。过了好一会儿。"好了，好了，放我下来，我们回家吧。"家仆自然一脸欣喜。

翌日，慕初早早来了学堂，选了个靠窗的位置，把多带的书和纸笔一并轻轻地扔出了窗外。夫子讲学的时候，也不时向窗外张望，不知过了多久，终于听见了细微动静。慕初小声地问："我叫慕初，你叫什么？""墨凌。""放学等我。""家中有事要先走。"待放学时，慕初往窗外一看，果然没影，石墩上倒是有被什么东西压着的纸，不知道写了些什么。他便带着好奇心，匆匆忙忙地跑了过去。

慕初看了看手里几颗硕大的李子，又看了看纸上"投我以桃，报之以李"几个扭扭曲曲的大字，会心一笑，回家便向父母求情，想要墨凌当自己的书童。慕初那晚心里头一次期待上学。

可墨凌自那天过后，一连数日都未再来学堂。慕初很沮丧，后悔竟不知他住哪儿。待墨凌再来时，已是七曜后。"数日未见，可安好？"慕初有些急切地问。"不好，家里母亲抱恙，好在已痊愈。""那你可愿做我的书童？以后我们相伴学习，你也好照顾你母亲。"墨凌惊讶得没有回话。

慕初见他没回答忽地失去了信心，小心翼翼地问："你不愿意吗？""我愿意，我也想一直在你身旁。我今日回家便告诉母亲。"

慕家公子小小年纪便凭借着天资聪颖，在地方上出类拔萃，声名远播，刚束发之年便和墨凌一同参加了院试，都成为了秀才，后参加乡试只慕初一人中举。因受当地文人青睐和追捧也结识了很多才子佳人。到了舞象之年，慕初便告别父母，带上墨凌上京赶考。

此去山高路远，一路上两人同吃同住，相互照应。刚开始还有马车，住上等的客栈，昂贵的吃食挥霍无度，渐渐地发现，外面物价更贵一些，花钱如流水，如果不知节省，早晚囊中羞涩。结果天不遂人意，两人刚有节省的心思，就被歹徒给盯上了。

因为走山路，地势崎岖，不便叫马车，一早两人便徒步走在林中，走了半个时辰不到的样子，突然一群蒙面人从四周涌过来，慕初两人也不是吃素的，见情况不妙，以警戒防备的姿态迎敌，虽然只会些三脚猫功夫，但气势上丝毫不落下风，障眼法确实让歹徒们有些畏畏缩缩，但架不住人多，不一会儿慕初两人便败下阵来，一把刀架在了脖子上，嚷嚷着把钱财全部交出来。慕初灵机一动把钱财从包袱里掏出来，使劲往远的地方一扔，同时拉着墨凌就往外跑，歹徒顺着视线看向钱财，只小一部分人去拾了钱财，其余的歹徒反应迅速，紧紧跟在慕初两人身后。

"这群歹徒还挺聪明！"墨凌气喘吁吁地说。

"你以为都像你这般傻样？"慕初调侃道。正说着，一把刀从两人中间劈过来，墨凌一把推开慕初，自己也侧身躲过，狠狠踢了歹徒一脚。

歹徒们怒了，手里都拿上了刀，显得很齐心的样子，朝着两人疯狂追杀。

不知躲过几次，一把刀横着劈过来的一瞬间，慕初甚至有了可能命丧于此的想法。

"吁"，一匹马猛地一跃，突然横在了慕初两人和歹徒之间，马上一个穿着黑衣，戴着白纱斗篷，英姿飒爽的女侠挡在了慕初的前面，刀锋一转挡住了攻击，只稍稍一用力歹徒手里的刀便被震得飞出去。

"要么死，要么滚！"女侠冷冰冰的语气，震慑力十足，歹徒们落荒而逃。女侠冰冷的目光注视着歹徒跑远，拍拍手说："这句话还是一如既往地好用！"然后她瞅了瞅两个倒霉蛋，两人连忙道谢。"路见不平，拔刀相助而已，无需介怀。"女侠拱手，策马扬鞭，不一会儿就消失在林子里了，慕初只觉得清晨的光竟有些刺眼。

"好险，好险！"慕初两人瘫坐在地上，墨凌劫后余生地拍了拍自己的胸脯，作势要拍慕初的，慕初侧身躲过。

"滚啊，你如果坚持每日提醒我多练练武功，我们现在也不至于是什么都打不过的废物。"慕初气得反手薅了薅墨凌几把头发。

午时，墨凌坐在地上，慕初还在一个劲儿往前走，墨凌见状啪的一下把慕初的腿抱住："别走了哥，累。咱休息休息，吃吃东西也好啊。"两人又瘫坐在树下，嚼着大饼。墨凌一边吃一边自言自语道："倒也不亏，虽然钱财尽失，但至少有钱的日子和生活也过了瘾，不亏！"墨凌叹了口气，不知是安慰自己还是慕初。

临近傍晚时分，忽然狂风大作，滂沱大雨应声而下，两人衣裳都湿透了，十分狼狈，赶了很远的路才看见不远处破烂的寺庙，顿时喜出望外，加快了步伐。入了寺庙，两人正拧着衣服上的雨水，听见旁边马儿朝天咴咴叫唤的声音，才发现此处有人。

侍卫打扮的男人腰间别着刀，整个人靠在柱子上，双手抱着胸，神情冷淡地打量着慕初二人。"阿奇，别吓着人家了。"侍卫闻声，脸上忽地变了色，温和了许多。映入眼帘的黑色披风，里面穿着一身红色长袍，领口和袖口都镶绣着祥云纹的滚边，来人腰间系着一条黑色宽边锦带，墨发被木簪束起，虽简单却不失华贵。慕初看得有些走神，待来人行了作揖礼才微微低头还揖。

"在下慕初，携友人一同进京赶考，今天公不作美，我们只好在此打扰。"墨凌在一旁赞同地点头。

"无妨无妨。在下洛禾，偶然被困于此，也是缘分。"说着洛禾便引着他们往里走，慕初隔得近了听着这声音倒是熟悉，不由得一顿，没有跟上，墨凌推了推："傻站着干吗啊？走啊！"屋内柴火烧得很旺盛，慕初只觉得身上的寒气都被驱散了。

随着夜幕降临，四人围在一起烤火取暖。洛禾随意地递给慕初一个酒袋子，叫他暖暖身子，又给阿奇使了个眼色，阿奇站起身，心有不甘地解下马背上的酒袋子扔给墨凌叫他接住。四人渐渐地才没了刚开始的拘谨，一起谈天说地道古论今。

聊着聊着阿奇和墨凌倒是先生了困意，洛禾便带着慕初坐到了门口的台阶上，风和雨早不知几时便停了，夜空中独挂了一轮圆月，稀稀疏疏地点缀着几颗星星。洛禾看见慕初打开手里的酒袋子，仰头喝了一大口，擦了擦嘴角。

"今日真是多谢姑娘。"

洛禾轻轻摇头："你命不该绝，以后也定能逢凶化吉，遇难成祥。"

"借你吉言。"慕初假做干杯的手势，两人会心一笑。

洛禾说："你想要成为一个怎样的人？"

慕初看见女子眼里满是认真和坚毅的神情，心里仿佛被烫了一下。沉思良久后他说道："我要做的事情，恐一人不能成，需千千万万的文人志士一起努力，为天地立心，为生民立命，

165

为往圣继绝学，为万世开太平。"少年脸色满是红晕，分不清是醉了还是不好意思。

少年轻咳了一声想要掩饰自己大言不惭的尴尬，偏过头却正好对上一双赞赏的眼睛。洛禾忽想到了什么，起身取了放在马背上的披风，离慕初走近了些，披在了他身上。少年下意识摸了摸，心底升起一股暖意，小声地表达了感谢。

慕初侧头问："那你呢？"

"国家不再年年征战，百姓不再受困于苛捐杂税，年迈的母亲不再先后送几个儿子奔赴战场，国与国之间互通贸易，共同繁荣。"少女的目光真挚而炙热。慕初的目光短暂停留后便匆忙移开了。

第三天，天刚蒙蒙亮，阿奇便先一步骑着马探路去了。慕初听见动静时，马儿正来回踱步，洛禾骑在马背上，看不清神色。

第四天，见慕初出来，一副如释重负的样子，洛禾行过礼："在此别过，后会有期，来日方长！"

"江湖路远，珍重！"慕初望着背影远去直到消失在崎岖不平的山道上，才转身回了寺庙。

慕初手里捧着书细细品读，读到精辟处会忍不住连连点头。空气中除了书籍翻阅的声音就是墨凌平缓的呼吸声。当第一缕阳光照射进来的时候，墨凌终于睡醒了，慕初拿出袋子里的一个馍馍，掰了一半，递了过去。

两人走在山道上，继续赶路，一路跋山涉水，走过了很多小镇，见识了多样的地域文化，感受了不同的风土人情，风光旖旎的锦绣山河深深地印在了慕初的心里。

偶然一次途经乐城倒也发生了些趣事，因歌舞坊极需填词，布告赏赐颇丰，两人得以进入。因词都写得不错，慕初很受艺伎喜爱和尊重，所以一连几日被挽留，足足待了近半个月才离开。期间有女子总爱花的，每天见面都会附上一束花；有女子总爱美食的，每天见面把亲手做的食盒递上；有女子总爱诗的，每天见面都会带上一封书信……慕初开始几日还一一回绝，后来借口温习功课，只管全推给墨凌处理，墨凌扶额欲哭无泪，自己处理自己的事儿都费劲，现在还要管两个人的事儿。

后来才知道乐城的女子多是慕才和大胆的，没有那么多繁文缛节，喜欢就要表达出来，以诗以歌以舞，倒也自在。临别前一晚，歌舞坊设宴款待，全乐城的才子佳人基本上都来了，举杯共饮，谈诗论画，其乐融融。

慕初喝得正兴时，忽瞥见眼前斟酒的男子装束模样好生熟悉。又不好直接叫人，他只能心里暗暗在意，最后注意到那人在自己对面坐下，才发觉竟是洛禾。洛禾倒也放得开，虽然晚到，但也很快和在座诸位打成一片，反倒是慕初一下子拘束了许多，被众人调侃。

慕初给自己的酒杯倒满，绕到了洛禾身后，替她挡着酒，固执地替洛禾喝。洛禾一把把他拉到一旁："你醉了？"

慕初轻轻拍开："我没有。"月光下，却映出他的满脸红晕。

"你怎么来了？"慕初疑惑，语气中带着自己都未觉察到的开心。

"回老家来了，表兄非拉着我一起来结识朋友，没成想还能遇见你。"

"那你为何看见我了，不与我打招呼。"慕初语气闷闷的。

"好歹也是女子，我才不要先和你打招呼。"带着点恼人的语气，洛禾忽然觉得有些好笑，心想这才是两人第三次见面吧，除了救命之恩，也算朋友吗？

"阿禾，你怎么在这儿？找你半天了。"看见慕初，洛榆突然一下挡在了洛禾面前，仔细打量眼前的男人，一脸防备的模样。

"哥，这是我朋友，慕初。"洛禾轻拍了一下洛榆肩膀想要把人隔开，洛榆直接踉跄了几步。

"阿禾，你下次轻点，习武之人，怎的每次下手不知轻重？"

"对不住，真对不住，又没注意力道。"洛禾不好意思地憨笑。

"本人洛榆，她表兄，乐城本地人，刚才见笑。走，一起喝酒去。"说完他拉着慕初就要走，洛禾跟在后面小声叹了口气："好了，现在成两个酒鬼了。"正小声嘟囔着呢，洛禾就被草丛里突然窜出来的黑影吓了个激灵，抬腿就是一脚，来人疼得直叫："姐，姐，是我。别打！"洛禾定睛一看，只见墨凌挂着一脸幽怨的表情正拍着身上的泥土。洛禾愣住："对不住，真对不住。"他便离墨凌靠近了些，然后就见他逃也似的跑了。

夜色渐晚，丝竹管弦、翩跹乐舞、觥筹交错，品美酒，俱尽兴。慕初站在高处，举杯向众人："天下无不散之宴席，海内存知己，天涯若比邻！今日欢聚于此是为了消减离别的感伤，也是为了来日更好的相逢！"说罢，他一饮而尽。

待慕初第二天醒来，已是日上三竿，周围摇摇晃晃，环视四周竟发现自己在马车里面，便有气无力地支起身体。墨凌拨开车帘："您可算是醒了！要再不醒，天都要黑了。"

"我们到哪儿了？"

"到幽都了，离京城就这两日了。"

"嗯，好。"慕初忽又想到了什么，"她……算了。"

"洛姑娘安排的马车。"墨凌看见慕初眼里突然有了活力，若有似无的笑意，忍不住调侃道，"才见了几次，竟熟络到这种地步了。再见几次，我怕是地位不保啰！"

到了京城，找了个普通旅馆备考，此时离科举考试还有些时日。慕初同往日一样，到了每月中旬给家中寄信报平安，分享所见所闻，结果过了约定时间却迟迟未收到回信。就这样，墨凌陪着慕初白日诵读，挑灯夜战，转眼便到了科考这日。

慕初一路过关斩将，从会试到殿试短短三个月，加上受皇帝赏识，直接被破格录取在翰林院做事，拜宰相为师。在京城短暂停留了些时日，大概安置下来，慕初便迫不及待回家了。

和来时的期待、激动不同的是，这回体会到了"春风得意马蹄疾，一日看尽长安花"后的释然。

　　马车离沐城还有很长一段距离，就陆陆续续看见有沐城的百姓祝贺道喜，到达沐城时，鞭炮齐鸣，锣鼓喧天，百姓夹道欢迎，热闹非凡。可到达慕府时，慕初除了管家用人，却并未看见父亲母亲，内心一直的隐隐不安被扩大了。

　　慕初下了马车一路狂奔，看见府内全挂满了红布，打开父亲房间才看见里面凄冷挂着些白布。他整个人没了重心似的跪在地上，泪水夺眶而出。墨凌提着包袱无声地跟在身后，早在进府之前便问清楚了家中情况。

　　慕初拍了拍自己的脸，失魂落魄地推开了母亲房间，只见母亲整个人安静地躺在床上，慕初头一次觉得几步路的距离竟那么远，整个人跪着挪到床边，趴在母亲床沿哭泣。"儿子不孝，是儿子不孝，没能照顾好父亲母亲。"

　　一只手轻抚上脑袋，似在无声地安慰着。"母亲！"慕初委屈地拭去眼泪。

　　沐城谁人不知谁人不晓，慕家是靠在边境经商慢慢富足起来的，而后广施布善，惠及全城。如今慕家老爷在边境死因未明，众说纷纭，给沐城蒙上了一层悲伤的阴翳。听说慕家公子科举高中返乡，沐城才勉强恢复了往日的生气、烟火气、热乎气。

　　慕初返乡守孝三年，期间照顾母亲事无巨细，事必躬亲，墨凌也帮着分担了家中不少困难。好在母亲的身体养好了不少，精神气也回来了，待三年守孝期一过，皇帝要召回就职时，母亲叫慕初赶紧回京城任职，不要担忧她。

"母亲不愿你束缚在这方小天地，大丈夫之志应如长江奔大海。"慕初就这样踏上了去京之路。两年时间他跟在老师身边耳濡目染，渐渐也在京城扎了根。

慕初喜好结交仁人志士，却不爱官场上的阿谀奉承。有一次因为实在推脱不掉，必须参加一位京中显贵的邀约，那天他本想待上片刻，只要礼数到位便溜之大吉，结果竟待到了最后宴会散去。

"柳如眉，云似发，鲛绡雾縠笼香雪。一别经年，竟还能遇见。"墨凌顺着慕初的目光，停留在了一女子脸上，只觉得那女子好生眼熟。等回过头来，慕初已经在整理着装了，嘴里还小声抱怨自己没穿那件淡绿色的。

慕初表面上淡定自若，故作不知，几步就到了那女子附近，在几位不知几品官员的诧异下，插入了他们的话题，说得还很像那么回事儿。也不知是内心作祟还是怎的，说到某一好笑话题，他竟真的忍俊不禁，发出朗朗笑声，引得旁边许多佳人侧目，加上他样貌本就极佳，佳人们的话题和目光难免一下子就锁定在慕初身上。

墨凌在一旁看得直摇头，不禁感慨这都不像他认识的人了。像孔雀开屏一样的男人，想不到小心机原来竟这般多，难得有好戏看，可不容错过。

女子注意到身边朋友的动静，朝那边匆匆瞥了一眼，面不改色，倒也没什么特别的反应，继续着和姐妹们的茶话会。

渐渐地慕初身边倒是多了很多佳人，一群人有说有笑。女子听着笑声，茶杯倒是攥得紧了一些，面上漫不经心地回应着朋友。时间就这样一分一秒地过去了，眼见着女子转身就要走，慕初急忙撇下众佳人起身。

　　他紧跟着出了庭院，却并未看到女子。刚一回头，肩膀被人轻轻拍了一下，女子靠着墙勉强扯出一个笑来："好久不见。"她明明笑着说，慕初却感觉悲伤得刺眼。

　　"好久不见！没想到那一别再见竟是几年后的今天。"慕初看向女子也笑了，世事变迁，原来总有些东西不会变。

　　"没想到洛小姐竟是虎门千金，深藏不露，失敬失敬。"慕初打趣道。

　　"没想到慕公子竟是翰林学士，深藏功与名，是我眼拙。"洛禾回敬道。

　　"我可不像某人刚才，那可真是受欢迎，美酒在手佳人在侧，招蜂引蝶。"慕初听着听着竟笑出了声，肩膀被洛禾打了一拳。

　　两人就这样短暂地待了一会儿，仆人来寻洛禾时，便又匆匆告别。两人约定好，以后在京城常来往。

　　近日不太平，百姓都议论起战事。盛国和疆国明明井水不犯河水，今年边关贸易却屡生事端，两国战事一触即发，兵戎相见在所难免。盛国做了两手准备，一是派使者前往边关谈判，二是选择合适的将领带领十万精兵前往前线积极部署。慕初主动请缨作为使臣前往边关。

此去前途未卜，不知归期。墨凌毅然跟随慕初前往边关，临走前一晚，慕初在书房写信，深夜还掌着灯。墨凌进房间时，地上满是揉成一团的纸屑，见桌子上有两个信封，眼疾手快抢了过来，一封上面写着母亲，另一封上面写着洛小姐。

"你何时与洛家小姐如此要好了，还给人写书信？老实交代，什么关系啊？"墨凌调侃慕初。

"朋友。"

"你看我信吗？"

翌日，慕初再三叮嘱送信的小厮，务必亲手送到收信人手里，这才放心地前往边关。刚离开不久，眼生的小厮来到了幕府门前，从怀里掏出一份书信，上面清楚地写着慕公子收四个大字。

马车一路颠簸，几经辗转，终于到了边关。慕初此行的目的，除了谈判，还要借此机会调查父亲的死因，他等这天已经等得太久太久了。慕云在边关辛苦经营几十载，没道理不明不白地死了，无论是盛国还是疆国的人动的手，定要查个水落石出，以慰父亲在天之灵。

先十万大军到达边关，慕初便先去调查边关贸易，发现其中大有乾坤。疆国在贸易市场处于弱势地位，并非盛国口中的平等贸易，这样的情况一年比一年残酷，加之盛国的产品多是疆国的必需品，盛国坐地起价，对于疆国产品又随意压价，疆国百姓苦不堪言。

奇怪的是，疆国这么多年竟也无动于衷，不曾与盛国谈及此事，慕初觉得此事绝不像表面那样简单。果然，连续几天白天乔装打扮走访打探，他才得知边关贸易竟也存在夜市，不过有门槛限制，必须凭信物才能进。

慕初本还思考着从商户手里借走或者重金购买，墨凌二话不说，直接打晕一个要进入夜市的人，嘴里小声嘟囔："抱歉，抱歉，借用一下，等完事后归还。"他老练地一把把那人拖入草丛掩盖好，整个过程行云流水，一气呵成，慕初震惊之余，给了他一个赞赏的目光。这样确实省事儿。

两人顺利进入了夜市，随便找了个摊位，两人便分头行动。这里表面上是一个交易场所，实际却是为了掩盖某种不可告人的秘密而设立的。

慕初注意到，在夜市里最为不起眼的一角，一些在边关有权有势的人，都陆陆续续进了夜市里的赌坊。原来如此，里勾外连，狼狈为奸。

和墨凌商量好，明日不动声色地抓捕昨晚去夜市的达官显贵，带回来秘密审问，慕初晚上仰头躺着，翻来覆去地睡不着。

待第二日去抓捕时，早已人去楼空。只有几个漏网之鱼，问了半天，不知所云。线索也就这么断了。慕初最后想到一个突破口，父亲慕云在边关打下的基业。这么多年，不可能没有忠心不二之臣。在寻找的过程中，慕初发现父亲收留了很多边关流民，给他们提供吃住，给他们提供工作，很受人爱戴。慕初还发现似乎父亲知道自己命不久矣，提前安排好了一切，以至于死后一切如常，当初的流民依然有饭吃有活干，只是那个赋予他们新生的恩人，再没有出现过。

流民们得知是幕府公子，纷纷叩头谢恩，都拿出家中珍藏的好物，要送给慕公子，却一一都被婉拒。墨凌从这些人口中得知流民们目前的主事人，才算这几天勉强有所收获。据主事人所说，他是慕老爷从战场的血泊里救起来的，救了他的命还教他本事，情谊恩重如山。"老爷在几年前出事那段时间，时常早出晚归不让人跟着，有一次我实在放心不下，便偷偷跟在身后，那次应该是被边关贸易几个大老板联合邀请，因为慕老爷素日与他们来往不多，除非是有大事要商议，不然老爷绝不会去，那天老爷回家后很是气愤。也是从那天起，边关贸易就开始不对，灰色交易也开始出现。但到底不敢轻举妄动，只敢小打小闹，老爷在的那些日子没有现在这般乱。后来某一天，老爷急匆匆回家找我商议要事，也就是现在我负责的一切，现在想来都是老爷预感到自己将不久于世，以防患于未然。"主事人惋惜叹气，满脸悲痛。

慕初一口一口给自己灌酒，墨凌夺过来也喝，两人眼睛通红。"情况大抵是明了了，内外勾结，钱权交易，父亲自始至终坚守本心不愿同流合污，阻挡了疆国想要以边关贸易不平等的幌子作为借口向盛国开战的大计。他们拉拢不成便把父亲残忍杀害了。"两个男人泣不成声。

半夜听见军营外有动静，慕初掀开营帐的帘子，原是军队来了！十万大军。安营扎寨，训练有素。月光下隔着火焰的光，看见女子身材匀称站得笔直，穿着盔甲英气逼人，不怒而威，众将士低着头。慕初心想，莫不是来了个女将军，心中不由得肃然起敬。刚准备转身回营帐，便听见了熟悉的声音从耳畔响起。

是她吗？他脚步早已控制不住地朝着那个方向跑去。一张熟悉的脸庞映入眼帘。

慕初在一旁安静地等着她忙完，见她进军营商议完，人都散去，才让人通报一声。

慕初进了营帐就傻傻地站在门口，眼睛一瞬不移地盯着她，没有向前。女将军见来人良久没有开口说话，便疑惑地看向门口。眼睛瞬间亮了，一步一步，女将军快步走向了门口，一把紧紧地抱住了慕初，慕初惊讶之余回应着她，笑着轻抚她的头发。就这样静静地抱着，两人没有说话，却都已心知肚明。这次她洛禾是女将军，而他慕初是使臣。

第二天慕初整装待发，前往疆国。洛禾带领三军为他送行，两人隔着军队遥遥相望，直到背影消失，洛禾才收军回去。

慕初顺利进了疆城，疆国太子以礼待之，只是疆皇称病暂不谈两国国事，慕初只当是拖延时间的借口罢了，于是暂住在太子府，待疆皇病愈再进皇宫详谈。

这日，慕初想出去走走，墨凌陪同，也顺便看看疆国的民情如何。他们误打误撞进了一个花园，慕初和墨凌正走在桥上，见一小女孩儿在不远处的溪水边摘花，身边却并未有大人跟着。

慕初忙让小女孩回去，女孩撇撇嘴，乖巧地说："好。"结果待慕初两人走远后，小女孩仍然固执地要摘那开得最艳丽的一朵美人蕉。扑通一声，小女孩落入水中，而后拼命挣扎着。慕初似乎心有所感，不放心地回头，在看不见小女孩的那一瞬，立马飞奔了过去，眼疾手快，伸手抓住了快要沉入水中的小身板。

小女孩是太子的女儿，太子回家听见女儿落水的消息勃然大怒。一个女童都看不住，全府仆从受刑，一一审问，最后竟有人供出亲眼所见是盛国使臣拖郡主入水。太子面上不动声色，待退去仆从后，微启薄唇问这人道："父皇派你来的？你不说我也知道。想随便给盛国使臣安罪名，可以。可你千不该万不该动她一个小孩子。"也不等那人说话，太子借着手里把玩的匕首，轻轻一划，鲜血直流，不久那人便一动不动了。太子拿出丝绸手帕拭去丝丝血渍，往女儿房间走去。

在门外，听见女儿稚嫩清脆的声音："母亲喜欢美人蕉，绿桂为佳客，红蕉当美人。我想摘美人蕉给母亲。"

"下次叫哥哥给你摘，不要一个人去记住了吗？"

"好。"太子轻轻推门而入，女孩儿轻轻唤着，"爹爹，爹爹。"女孩把藏着的那一株美人蕉拿出来放在了爹爹手上。

慕初行礼转身出去。

"谢谢你救小女一命。"

慕初眼里闪过一丝惊讶。

后来才知，太子有一女，乃其亡妻所生，被视为掌上明珠。

太子此生唯爱一人，不曾再娶。

从那天之后，慕初走哪儿都有一个小跟班跟着，不带，便拉着裤腿撒娇打浑，无所不用其极。

来疆国已有三日了，慕初试着写信报过平安，目前倒也无其他事可做。这天傍晚他突然被惊醒，听见墙外有动静，紧接着是有人翻窗而入的声音，脚步越来越近，一把刀正要砍下来的时候，慕初翻身下床，门口的侍卫听见声响冲了进来，都是洛禾带在身边的精锐。

墨凌从旁边的房间赶来，看见慕初没事儿才松了口气，突然一把利箭从走廊上穿过，直射慕初，墨凌见状一把推开慕初，下意识用身体去挡，倒下去的那一刻墨凌看见慕初脸上痛苦的神情，他疯了似的扑向墨凌。

精锐士兵把黑暗中的人直接射杀，今日来刺杀的一共十人，都是死士。太子闻声而来，了解了情况，拿出最好的药，叫了医者救治，然后直接去了皇宫面圣。

"你来了！你终于还是来见我了。"疆皇大笑。

"您要做什么，还不能停手吗？还要在手里沾上多少人的鲜血啊？疆柔当年也是您害死的，可您得到什么了？我不稀罕这皇位也不愿再娶，您的子孙梦永远都不可能实现。现在您又想利用我女儿，甚至不惜杀掉她，栽赃给使臣挑起战争。可苦的终究是百姓，盛国民心所向，盛皇仁治爱民，您做的一切都毫无意义！您心里明明都清楚，何苦一错再错。"说罢，太子头也不回地走了。

墨凌苏醒，除了肋骨痛，人无大碍。疆皇第二日邀慕初进京，协商边境贸易。两国和平共处，平等贸易，一切都很顺利。

疆国开了城门，慕初一眼便看见马背上一袭红袍的女将军，两人相视而笑。

我见众人皆草木，唯有见你是青山。

我的疯丫头

未曾想我会遇见这样一个姑娘，她完全不是我心中理想的样子，她懒、任性、霸道，经常莫名发脾气，有事不愿对我说，也不懂怎么关心我……她迷糊、马大哈、记性差，不会做饭，不能很好照顾自己……她涂指甲、踩高跟、穿短裙、去泡澡蒸桑拿做按摩……可这些我怎么全都接受了，还甘之如饴？

其实大多数时候，她很乖，很听话，很温柔，很可爱，很安静，很善解人意……她总是在发完脾气后可怜巴巴地对我说：老公，我错了；她总是在想我的时候不停地给我发无数条微信，内容只有两个字：老公；她总是要每晚让我给她讲故事，陪她说话，她才能安然入睡。她喜欢让我叫她：宝贝、疯丫头或者爱妃，因为她喜欢被我宠着，喜欢高高在上欺凌我。而她总是调皮地叫我：土豆先生或者余麻麻，因为她喜欢吃土豆，我也总是什么都爱管，什么都唠叨。

　　疯丫头是个特别的姑娘。第一次见面穿得七荤八素，还板着个脸，半天不理我，上来直接问：你喜欢我吗？看着她满脸的痘痘，我怎么说不喜欢么，不过我还是忍了；带我去吃饭，点了一份泰国冬阴功汤，双人套餐，结果让我一个人吃，吃到快吐，而她只是看着，我能说很难吃吗？不过我一直说味道还行；下雨了，好心给她买把小伞，结果她劈头盖脸指责我买贵了，我可以说我当时很心寒吗？不过我只是默默将伞伸到她的头顶；狂风骤雨般给我发微信，不停叫我名字，结果问她怎么了，她说没什么，只是想叫叫你，看你是否还活着，我……

　　疯丫头是个奇葩。下大雨了，踩着高跟鞋没法走，干脆脱了，光着脚丫从街边大排档走回酒店，给她拖鞋，她死活不要，而路边到处都是玻璃碴子；疯丫头网上看到一个包，说很喜欢，想要但是没货了，我找遍整个网络终于找到一个一模一样的，寄给她后，她说不好看，怪我买之前没通知她；跟疯丫头接吻的时候，中途她会推开我，然后看着我一本正经地说：别亲了，你把嘴给我堵住了，我没法呼吸；疯丫头经常将裤子穿反，甚至忘记穿裤子，幸好冬天穿的是保暖裤，使劲把衣服扯下来盖住屁股，别人还以为那是造型；疯丫头每晚睡觉都不老实，清晨醒来发现手机不见了，被子不见了，毛绒娃娃不见了，结果自己横在床上，东西全都在地上；疯丫头不会炒菜，把白糖当盐放，用过的厨房跟打过仗一样，煲汤的锅直接给烧烂……

八年了，我依然在想念着我的疯丫头，依然未能走出那段回忆。

一

夜好静，只听得见窗外的虫鸣。

忙了一下午，整理东西，打扫卫生，洗澡洗衣服，然后晚饭胡乱吃了些，现在终于可以坐下来歇歇。不知道网络哪里有问题，上不了网，连上了也开不了网页，连QQ都登陆不了，抓狂！

非洲，乌干达，我还是回来了，回到了这个我曾经战斗了快两年的地方，只是我现在没有任何心情去重游故地，我只想赶快想办法连上网，然后给我的疯丫头发个信息，告诉她我顺利抵达了，告诉她其实我开始想她了。

我还是住我之前的房间，一切都没有变动，还是那张桌子，那把椅子，那盏台灯、那张床……仿佛一切没变，可是只有我自己知道，我变了。我的心变了，里面住进了一个人，确切地说是一个美丽的女孩子，无法相信就在我回国短短的一个多月里，我跟她见面，吃饭，分开，见面，旅游，分开，旅游……最后走到一起，我们竟然经历了这么多。我在她面前哭过笑过，也惹她生气伤心过，但回想每一个瞬间，其实我都觉得那么美好，因为有她在。

　　曾经我一直以为我会一直漂泊，不管是身体还是灵魂，因为无牵无挂。我也常对朋友们说我习惯了孤单和自由，可是实际上这些都不是我想要的。我选择漂泊异乡，除了满足物质追求以外，还因为没人值得我留恋那座城市。而这次，我似乎感觉到了什么已经在心底悸动，或许一开始没那么明显，可是它就像一颗充满活力的种子，植根于我心底，悄然发芽成长，直到我转身踏上飞机即将离开的那一刻，我才发现它已长成参天巨木，充斥了我整个内心。

　　我的那个女孩叫丫丫，我唤她疯丫头，既简单又亲切。我与疯丫头是通过同学的同学介绍相识，一开始只限于 QQ 互聊，我们未曾谋面，也不相互讨厌，天南海北地开玩笑。我喜欢厚着脸皮说她是我女朋友，尽管她不承认。喜欢听她说那座城市的奇闻异事，虽然我也知道。听她谈生活谈工作，谈一切有共同语言的话题。说来奇怪，我其实很懒也怕麻烦，别人介绍女朋友什么的我从来都是婉言谢绝，给了联系方式也从不会联系，不知为何，我这次竟然以 QQ 聊天的方式完成了人生第一次相亲，而且聊了那么多，聊着聊着忽然发现我们竟然也有这么多共同的看法和追求。现在想来这一切真的只能用缘分来解释，是奇妙的缘分让我和疯丫头这两个身处异地从未谋面的人相识相知，让我无可救药地爱上了她。

5月回国，按照约定，我第一时间跟疯丫头见面了。可惜我竟然迟到了，让疯丫头在雨中站台上等我。远远的我看见一个女孩子在捧着手机埋头发信息，戴着眼镜，干干净净的，瘦瘦的，根据照片判断，她就是疯丫头。我走过去，像老朋友般微笑问好，她抬起头，却是一脸不满。举着手机跟我说她正在发信息给我，若我再不出现，她就要走了。说完她接着埋头发信息。我脸上的笑容瞬间显得好尴尬，一是为自己迟到而羞愧，二是觉得这疯丫头怎么这么霸道，都不容我解释。而且这不是我想象中的见面情景，我原以为我们会相视一笑，然后并肩散步互诉衷肠，甚至在灿烂的初夏阳光中来个含蓄的拥抱。知道自己迟到了，我忙说实在不好意思，对不起。但这疯丫头始终没抬头，也没应一声，自顾自地继续玩手机。我更加尴尬，站在旁边手足无措，之前准备的那些话语，好几次到嘴边了都说不出口。我们就这样站着，好一会儿她才抬头说车来了，然后径直上了车，我跟在她后面，找了座位坐下，她始终没回头，然后一直捧着比自己手掌大好多的手机发信息。我坐在她旁边，一开始我忍不住偷偷看她，见她仍然头也不抬，我就索性直接把头转过去盯着她看。长长的头发，精致的小脸，皮肤很好，上面还点缀着几颗痘痘。她紧闭着薄薄的嘴唇，冷峻的表情安放在那一副小巧的身躯上，我不禁心生了几分怜爱之情。由于一直看她，她似乎也发觉了，终于抬头不再玩手机，盯着前方。我仍然高度紧张和尴尬，所以转头望向车窗外，还是淅淅沥沥的小雨，疯丫头后来说每次遇见我都会下雨，难道我真的成了雨神。我不知道她要带我去哪儿，我也没敢问，就这样我们一路无语，到了春熙路，她起身说到了，然后我跟着她下车。她还是走在前面，小小的个子，穿梭在密集的人群中，我跟在后面，眼光一刻也不敢离开她的背影，生怕她会被人群挤坏了，甚至挤没了。

　　我一路跟在疯丫头后面，完全不知她究竟要带我去哪里，而此时的雨却越下越大，她回头问我带伞了么，我说没有。我们小跑了几步躲到了一处遮阳伞下，我示意去买一把伞吧！她说算了，依然面无表情。稍歇片刻之后，她又冲进了雨里，我继续跟着，看到她单薄的身子在大雨中移动，我停下了脚步，冲进旁边的店里买了一把透明的小伞。待我出来时，一分钟不到的时间就已不见了她的踪影，我待在原地四处张望，心想不会就这样走散了，再也没机会相见了吧？谢天谢地，她的身影终于在我的正前方出现，她折回来找我，问我干吗去了，我把手中的伞撑开，示意买伞去了，然后将伞伸到她头顶。出乎意料，这疯丫头没有说感谢，而是问我伞多少钱买的，我说二十。然后她竟然开始批评我，说我买贵了……我只好无语，只觉得这疯丫头很特别，不按套路出牌。由于伞太小，我尽量往她那边伸，我几乎整个身体都在雨中，幸好不一会儿雨就小了。我们撑着伞穿过春熙路，挤过人群，上了天桥，我终于问她到底想要请我吃什么，不会真的是要请我吃臭豆腐吧。疯丫头说就请你吃臭豆腐怎么了，反正只有五块钱的预算。臭豆腐就臭豆腐吧……

我尴尬地笑着，心想这疯丫头真是个调皮鬼。

　　下了天桥，疯丫头说到了，然后我跟着她进了成都春熙路旁边的唐宋美食街。这条街我是压根儿不知道的，因为这里是在我出国之后才打造的。疯丫头说，本来想请我吃臭豆腐的，但是她同事说第一次见面不要把我吓着了，再说我这么久没回国了，还是带我吃顿好的吧……她在跟我说这些的时候还是面无表情的，但感觉得出来，她已经没刚才那么冷峻或者说因为我迟到而那么生气了。我这才放松了一点点，也不那么尴尬了。这条街里面有好多吃的，我们边走边看，疯丫头让我随便选一家，喜欢哪家进哪家。我着实不知道该吃什么，还有就是在非洲冷冷清清待了那么长时间，忽然深陷这人来人往热火朝天的场景，有些不习惯，有 hold 不住的感觉。我们逛了一圈，随便进了一家人很少的餐厅，找了个宽敞的位置坐下，准备点菜。此时服务员过来示意我们最好到吧台坐，因为我们只有两个人，却占据了四个人标准的卡座。我的性格是比较无所谓的，正准备开口说好，没想到疯丫头抢到我前头说，既然餐厅里还有这么多空位，为什么不能先坐这里，如果待会儿来人了实在没位置了我们再挪不行吗。服务员是个大妈，并没有回答疯丫头，只是面露难色。我觉得疯丫头说的也有道理，所以也对服务员大妈说待会儿来人了我们再挪就是了。可这大妈还是无动于衷，疯丫头突然怒了，起身说走吧，我们不吃了。然后拿上东西径直往门外走，我赶忙起身跟在她后面。我没有回头看服务员大妈当时的表情，料想她心情一定是无比复杂的。我只是在想，这疯丫头的火气咋这么大……出来我们进了一家泰国菜餐厅，她让我点，我就随便点了份冬阴功汤套餐，反正没吃过，说试试。汤上来了，她让我先尝一口，问我辣不辣，我说酸辣酸辣的。她便也尝了一口，然后面露难色，让我先吃。我才知道她不能吃辣，我问为什么，她说吃了要长痘痘。我当时只想，早知道就不点这个了，问她要不然点些其他不辣的，她说没事，看着我吃。实在拗不过她，我就真的几乎一个人把那个两人套餐吃完了，不是有多饿，而是不想浪费太多，而疯丫头全程只吃了一点点，然后都是看着我吃。后来我才知道，疯丫头那几天生理期，难免烦躁，当然不能吃辣的……

二

吃完之后雨也停了，我们顺着美食街往外走，然后坐车来到了府河边。我反正分不清方向，就随她带我到哪里，也终于和她悠闲地并肩散步。夕阳西照，杨柳依依，微风习习，府河水在栏杆外静静流淌，我们虽然没有言语，但是却别有一番温馨的感觉。走着走着，这疯丫头居然扭头问我感觉怎么样，我说感觉有点怕你……我发誓我说的是实话，我也不知道为什么就是觉着很怕她……疯丫头听后笑了，那种淡淡地抿嘴一笑。

她说她最讨厌等人了,哪怕迟到了一分钟都会骂人,今天让她等了那么久,没骂我已经是好的了。我这才跟她解释,迟到是因为等几个兄弟一起下楼……疯丫头不等我解释完,就说为什么提前下来啊。我发现她是个急脾气,只好不说了。又走了一段路,她扭过头问我现在见面了,喜欢她吗。我一下子愕然了,有这么问的吗,我不知所措,脑袋仿佛一下子短路了。只好勉强笑着说,我也不知道,感觉还行吧。她转过头去,望向河道,继续往前行。我不知道我的回答是否令她满意,更不知道这疯丫头到底在想些什么,完全是一个谜。

我们就这样不紧不慢走到了一个分岔路口,疯丫头说我们就到这儿吧,左边一直进去就到我目前住的地方,而她要到前面一点坐车回家了。我说留个电话号码给我吧!这样以后我就能找到你。其实我一直没有疯丫头的电话号码,曾经在企鹅号上问她要过,她总不给,说以后见面了再说。此时疯丫头说好啊,不过我只说一遍,你能记住就行,记不下来就没办法了……我当时一头汗水,这疯丫头果然古灵精怪。我说你说吧,记不记得下来是我的事。然后她就调皮地说出了一串数字,虽然只说了一遍,但还好速度不是很快,我赶紧默念,然后输入手机拨打出去,接着疯丫头的手机就响了。我告诉她别接,这个号码是我的。疯丫头掏出手机转过头望着我,一脸惊讶,你真的记住了啊。我骄傲地笑了。我们就这样结束了第一次见面。其实当时的心情和感觉是复杂的,我本来怀着很高的期望去的,结果因为我的迟到，整个气氛都变了，疯丫头一路对我的无视和怒气，让我很有挫败感，首先想到的就是她讨厌我。再加上她当天很随意的打扮和着装，也让我觉得她并不重视跟我的见面。还好后来她的怒气消了，心情稍微好点，才没使得第一次见面整个从头到尾都尴尬。一下午的时间，让我对这个疯丫头捉摸不透，时而古灵精怪，时而盛气凌人，不知道她到底是喜欢我还是讨厌我，我想她讨厌我的可能性更大吧，留电话也只不过是出于礼貌罢了。

当天晚上几个哥们儿给我接风，吃到了久违的成都串串香，也喝了点酒，回到住的地方已是微醺的状态。我躺在床上久久不能入眠，同时因为好久没有吃到那么辛辣的食物了，肠胃受不了，一直闹肚子，折腾到凌晨两三点。我想既然疯丫头对我没感觉甚至讨厌我，我也不必强求或者死缠烂打，她可能不好意思说出口。再者连我都不知道是否还会回到非洲，不想让自己陷得太深，以免给彼此造成伤害，于是我给疯丫头发短信，告诉她我没有找到感觉，希望以后还是很好的朋友。发完以后我如释重负，然后迷迷糊糊地睡去了。可能由于时差还没倒过来，这一觉睡到了第二天中午，打开手机，没有任何消息。心里有点点失望，看来她果然讨厌我，连回复都没有。起床洗漱整理东西，然后忽然收到了疯丫头的信息，问我吃饭没，我说还没，她说她也没，准备和同事下楼吃，要不下来一起吃吧。我说好。当时想昨天她请我吃了饭，今天该我请了。只是这疯丫头丝毫没有提我发给她的那条信息，这让我感到一头雾水，真是猜不透这疯丫头怎么想的。迅速换衣服下楼在她单位门口等着，心想这次绝对不能迟到，果然等了5分钟左右才看到疯丫头和她的另外两个同事从另一个门出来。我走过去，跟她们打招呼，然后疯丫头和她同事走前面带我随便找了附近一家餐厅，落座点菜，她同事坐我和疯丫头对面，期间还不时打量我。等菜的时候，闲谈了一些非洲的经历，同时送了两张非洲纸币给她同事作为见面礼。疯丫头居然在旁边抱怨我偏心，说为什么她的同事有而她没有……真是个可爱的姑娘，我忙从皮夹里又找了一张给她。菜上来了，我准备添饭，疯丫头说她来，拗不过她，不过心里忽然觉得很温暖，好多年没有人为我添过饭。有说有笑地吃完了这顿饭，然后我坚持付钱，以表示回请疯丫头昨天的款待，她也没坚持。由于她们还要回单位上班，吃完饭我送她们到单位楼下，看她们进去我也就回住的地方了。这就是我跟疯丫头的第二次见面。

三

第二次见面以后，我开始忙着处理自己的一些事情，回老家，去广东湛江看我的父母。之前就知道疯丫头最近也要去广东出差，但是不知道具体日期，只知道大概行程。而我在湛江待了几天后转到了佛山看我的一个好兄弟。随后疯丫头也到了广东，然后我问了她的返程时间，就缩短了行程，订了跟她同一班飞机回成都，想两个人也有个伴吧，也或许是心里想见她了。跟疯丫头的第三次见面是在广东番禺的一家四星级酒店，那是她出差临时住的地方。我一路转了好几次地铁和公交，终于在接近中午时找到了她所住的酒店，我怀着忐忑的心情敲开了她的房门，门开了，还是那个古灵精怪的疯丫头，面无表情地自己一边开门一边扎头发。我尴尬地笑笑，然后进去关门把包放下，坐到椅子上等她。不记得接下来说了一些什么，反正就像老朋友一样，不一会儿收拾好了我们就出门了，她说要去大学城的岭南印象园，我就拿出手机开始查询公交路线，结果到了公交站牌足足等了半个多小时，站得腿都疼了。正当我们都在怀疑是否还有车而准备放弃的时候，公交车终于才姗姗而来。车上人太多，只看到一个空位，我赶忙让疯丫头先去坐，然后我站在过道。过了一会儿，后面空出一个座位，由于刚才我实在站得累了，所以就到后排坐下了。目的地还很远，车子就这样慢悠悠地向前开，疯丫头戴着耳机望着窗外的风景，我坐在后排看着她，突然觉得画面很美。又过了一会儿，疯丫头旁边的乘客也下车了，疯丫头转过头向我招手，示意我过去坐。我终于坐在了疯丫头的旁边，可不知为什么还是那么紧张。看到阳光下她纯净安详的侧脸，长长的秀发，紧闭的双唇，红色镜框下蝴蝶般轻盈迷人的双眼，如此精致的姑娘，我醉了，竟然忍不住将手伸过去摘下她左边的耳机靠近我的耳朵，想听听那是什么美妙的旋律。疯丫头被我的动作略微惊吓到了，不过瞬间转为脸上的一抹醉人的笑容，微微上扬的嘴角仿佛是摄人魂魄的魔咒，我再次陷入了恍惚。我们就这样如恋人一般肩并肩坐着，听着耳机里动人的旋律，伴着车窗外明媚的阳光和斑驳的树影，没有言语，却一切都那么美好。有那么一刻，真希望车子永远不要停下，就这样幸福地驶向遥远的未来，在一起就好。

　　公交车行驶了一个多小时，终于到了岭南印象园，我去买了票，然后开始和疯丫头在里面瞎逛，其间吃了些小吃当作午饭，还因为不会吃广味腊肉被疯丫头取笑。我原以为她身体瘦弱，又有些傲娇，可能走两步就会喊停，没想到她居然从头到尾跟我在印象园里逛了一下午，而且期间一会儿下雨一会儿烈日，她都没烦躁没喊累，让我实在佩服不已。我是喜欢拿着手机拍照的，所以一路走一路拍，除了那些美丽的风景，当然还是想偷拍疯丫头，因为她老是不配合拍照。在印象园逛了一下午，每个角落都看得差不多了，然后我们原路返回，在出园的路边看到一排小橘子树，上面满是金黄的不知名的小橘子，我顺手摘了两颗。我问疯丫头这能吃吗，她也不置可否。出门后疯丫头在小摊贩那里买水，我拿出小橘子准备尝一下，刚放一瓣在嘴里，我的表情马上就出来了，那绝对是牙齿都要酸掉的节奏，我发誓那绝对是我有生以来吃过的最酸的橘子，但是我赶紧背身过去，没让疯丫头看到。我走到疯丫头面前，很淡定地问她要不要尝尝，她问好吃么，我邪恶地说好吃啊，不信你尝尝，故作一脸诚恳样。这疯丫头倒也直爽，拿过两瓣就往嘴里送去，也就一秒钟不到，疯丫头脸部表情马上就扭曲了，赶紧将橘子吐了出来，抓过矿泉水猛喝漱口。而我此时在旁边幸灾乐祸，捂着肚子已经笑得就快抽过去了。意识到自己被整蛊了，疯丫头举起小粉拳就要打我，我赶紧闪到旁边，继续笑，虽然已经在极力控制了。疯丫头打不到我，转身径直自己走了，怕这疯丫头真的生气了，我赶紧追上去道歉，她开始生气数落我，总之就是说我不厚道。我一边跟她道歉一边想刚才的恶作剧，最后还是没忍住笑出声来。看到我还在笑，疯丫头躲到我后面，举起手中的冰镇矿泉水从我脖子往下倒，我还没反应过来，没想到她会来这招，我直接跳起来，霎间感觉背心一阵刺骨的寒凉，直接从脖子一直到尾椎，然后屁股湿了一大片……事发后，我用惊诧的眼神望着她，一边说好冰啊，这疯丫头说谁让你欺负我的，然后头也不回地继续向前走。轮到我跟在她身后一脸哀怨哭笑不得了。还好是在炎热的广东，回到酒店的时候已经基本风干了。

四

回到酒店我们简单地洗了脸整理了一下，然后就准备出去找吃的，不巧却下起了雨，看雨势不大，终于决定去旁边的中华美食城，看看有什么特色的好吃的。刚走出去没多久，雨就越下越大，演变成瓢泼大雨，无奈只能跟疯丫头随便找了家路边大排档，点了些家常菜来吃。不得不说味道不咋地，三下两下吃完之后，雨稍微小点了，于是我跟疯丫头商量早点回酒店休息。走出大排档，行至半路，雨又下大了，我跟疯丫头只撑了一把小伞，为了不让疯丫头淋到雨，我把伞几乎全部伸到了她的那一侧，自己很快被浇湿了，衬衣贴着身体，晚风吹来，觉着凉飕飕的。我是穿着拖鞋出来的，疯丫头当时穿了一双低跟的鞋，由于雨很大，路面也积水了，回酒店路上，疯丫头怕水进了鞋子，就索性把鞋子脱了拿在手里，光着脚丫在人行道上走。我真怕她会踩到碎玻璃或其他东西伤着脚，我示意她穿我的鞋子，她却坚决不肯，看她每走一步我都小心翼翼地扶着，就这样，我们深一脚浅一脚地慢悠悠地回到了酒店。顾不得别人看我们淋成落汤鸡的狼狈样，赶紧乘电梯开门进房间。回到房间，疯丫头用手摸了摸我的衣服，全湿透了，让我赶紧换下来晾着。我怕她着凉，让她先去换衣服洗澡，我把衣服换下来挂好就躺在床上看电视。期间我在想，不知道这疯丫头有什么魔力，感觉自己跟她在一起很快乐很放松，很多事无需言语，仿佛彼此就能明白，这种感觉从未有过。一会儿工夫，疯丫头洗好出来了。我没仔细端详，然后自己去洗澡了。很快我也洗好了，换上了自己的干净衣服。疯丫头已经躺在床上看电视了，我走过去坐在床边，陪她一起看电视。电视节目也真心难看，过了一会儿，疯丫头突然说她饿了……我看着她娇小的身子，不敢相信这疯丫头居然饿得这么快，我说我下楼去买，问她想吃什么，疯丫头说想吃烧烤。我说好，等着我。于是我下楼去找烧烤，转了一圈，还是转回到刚才跟疯丫头一起吃饭的那个大排档，因为他们店面外面就有烧烤，是一家的。我选了几样，荤素搭配，烤好后用盒子打包带回了酒店房间。疯丫头在床上躺着玩手机，看到有吃的，立马精神百倍地跳下床，打开盒子狼吞虎咽起来。看着眼前这瘦弱疯丫头的这般动作，我都惊呆了，简直是个女汉子嘛。不过看到疯丫头吃得这么开心，我也很高兴。不一会儿，疯丫头就吃撑了，然后把手一推，示意我将剩下的吃完，我也觉得不能浪费，就又吃了几串，最后实在吃不动了才罢休。疯丫头吃饱喝足了就漱口，然后接着躺床上玩手机。我把垃圾收拾了一下，也漱口爬到床上看疯丫头玩手机游戏，然后她让我试试，因为她过不了关。于是我就接过手机开始帮她过关，很轻松地过关后，疯丫头觉得不可思议，之后就又继续过了几关，最后实在过不了，疯丫头说困了，然后关灯睡觉。酒店的床很大，我跟疯丫头盖着同一床被子，但是都尽量往两边睡，中间就像隔着一条银河，一块禁地。我们就这样背对背，虽然很累很困，但却无法入睡。疯丫头突然问我会不会讲故事，这样她听着故事就能睡着了。我又一次被她惊到了，这是什么习惯啊，要听故事才能睡着……可我最不擅长讲故事了，也从来没讲过啊。我说不会，疯丫头又让我跟她说话，说什么都行。可我说什么呢，仿佛一下子连话也不会说了。我怔在那里，不知如何是好。疯丫头见我实在说不出什么就说算了，然后就没声了……

　　第二天我们睡到九点多才醒，因为酒店10点前停止供应早餐，所以我们赶紧爬起来洗漱，穿好衣服就出门准备去楼下餐厅。一出门，疯丫头就拉住我的手，拽住我的胳膊，大方地和我往前走，顿时觉得无比温暖，跟之前那个冷酷霸道的疯丫头简直判若两人，说实话当时有点受宠若惊。下楼到了餐厅，刚好10点的样子，还是有一些客人在取餐，我们找了个空桌坐下，然后各自去取想吃的东西，疯丫头给我盛了碗粥，我给她倒了杯果汁，还拿了些乱七八糟的，然后一边吃一边闲聊，因为我们去得晚，吃着吃着，最后整个餐厅就剩我们两个人了，我们两个环顾四周后相视一笑，依旧厚着脸皮继续拿东西吃……吃完早餐我们就回房间收拾东西退房离开了，因为疯丫头听说火车站的白马服装市场的衣服多而且便宜，所以准备过去看看，选两套衣服带给同事，然后再去见一个约好的客户，晚上就坐飞机回成都。为了省钱，我们只好查路线，坐公交转地铁，好不容易到了火车站附近，因为不熟悉地方，我一边问人，一边拉着疯丫头乱窜，也是折腾了半天才找到了白马服装市场。不得不说，国内任何一个城市的火车站都是集人间百态的地方，车多人多商铺多，我一只手拖着疯丫头的行李箱，一只手拽着疯丫头在人群中艰难穿梭。而两边是各种琳琅满目的小商品，因为是奔着服装去的，为了节约时间其他都没看了，直接到了楼上。楼上也是万千世界，一眼望不到头的各个服装小商铺，几平方米的空间里挂满了各式服装，门口尽是花枝招展的中青年妇女，每经过一个铺子，都要来拉你一把，热情给你介绍。我跟疯丫头在里面逛了一会儿，简直就像迷宫一样，我对买衣服从来都是外行，只是疯丫头一边走一边看，我就紧紧拽着她，生怕她走丢了或是被挤坏了。看了好多都没有见到满意的，最后好不容易驻足看见一件，疯丫头觉得还可以，然后就是谈价格，店主一眼就认出我们不是本地人，一套连衣裙，一开始要价五百多，疯丫头问我怎么样，我虽然不经常买衣服，但是常识还是有的，这种地方，就像成都荷花池，先对半砍价再说。于是我跟老板说，五百多，你抢钱啊，我们再去另外的店看看。其实我是故作镇静，也没有狠狠砍价的经验。说着我就拉着疯丫头准备继续往前走，老板是个精明的中年妇女，看我们要走，赶紧过来拉住我们，说先别走啊，价钱可以谈嘛。我还是故作镇定，作势不买了，依旧准备往前走。老板急了，她估计看出疯丫头喜欢那个款式，所以上前对疯丫头说，靓女，你要真喜欢就还个价，你愿意出多少钱。看到老板也急了，我没让疯丫头说话，直接跟老板说，你这要价太高了，我都不敢还价了，还是算了吧。老板看没有搞定疯丫头，只能跟我说了，她把衣服递上来坚持让我看质量还价。我用手摩挲着衣服，假装很懂的样子，说这料子不行啊，做工也很糙，150 吧。老板听我还完价，没有惊讶，而是笑了起来，不知道为什么，都看得我有点儿瘆得慌……老板看着我笑着说，靓仔，你真会砍价，一下子砍去一大截，你太厉害了。这样吧，你这砍得太狠了，看你们诚心买，你们准备买几件？老板看我们拖着一个箱子，估计以为我们是来搞批发的。我说先拿两件回去试试，好卖的话再来拿。其实说这话自己都没有底气，不过事已至此，硬着头皮瞎说吧。老板说，好吧，不过你还的价格太低了，再添点，200 一件，你拿两件。她刚一说完，我就拉着疯丫头的手准备离开，表示价格不满意。老板赶紧又过来堵住我们，靓仔，我再让一点，180 怎么样。其实这个价格差不多到我预设的心理价位了，我回头小声问疯丫头，疯丫头说这个款式还不错。然后我转头对老板说，既然这样，我再添点，160，行我就先拿两件回去试试。老板面露难色，但依旧不肯放弃，靓仔，170，最低价了。我摇摇头，表示 160 已经是我的最高出价了，然后拉着疯丫头就走。没走几步，就听老板在后面喊，靓仔，过来过来，给你啦。我心里一喜，终究还是要叫我们回去。老板一边找袋子把衣服包起来，一边笑着对我说，靓仔真是太会讲价了，实在太厉害。听她这么说，其实我知道我们还是被宰了，只是没流太多血。整个过程，我都拉着疯丫头，但是没让疯丫头插话，我怕疯丫头舌头一软，那我们就要被狠宰了。买完衣服，疯丫头盯着我说，你真厉害，一脸佩服。我想说我也是第一次这样砍价，真是一个技术活啊。然后我们就回成都了。

五

　　从广州回成都后的第三天，疯丫头说想看电影，我答应陪她去。然后我又跟疯丫头见面了，还是那个笑起来很甜的疯丫头。我跟她手牵着手，如同一对相识很久的情侣一样，穿梭于大街小巷，晚上疯丫头带我去吃了北京烤鸭，然后在万达看电影，记得当时看的是《蜘蛛侠3》，我给疯丫头买了汽水、爆米花，选了靠后排的座位。电影很快就完了，疯丫头说还可以，然后又说要回去了，我说这么晚了我送送你。疯丫头看着我调皮地笑着说，还以为我不会怜香惜玉让她自己回去。在仲夏的成都夜晚，疯丫头拽着我的胳膊，一起漫步在那些熟悉又陌生的街道。我们朝着疯丫头家的方向边走边聊，到了一处有长椅的小区文化休闲区，疯丫头说要歇歇。然后我坐下来，疯丫头调皮地侧身坐到我怀里，双手环着我的脖子，然后很认真地看着问我，真的要回非洲么？因为从广州回来后，我接到公司通知，希望我回非洲继续工作，我就在聊天时对疯丫头说了。看着疯丫头真诚的目光，我拼命躲闪，因为她问到了我的痛处。家里的情况非常需要我挣钱，需要我回到非洲工作，因为目前在成都拿不到这么高的收入，也存不下什么钱。家里因为凑钱给我买房，欠下了外债，所以希望我抓住机会再到非洲干两年，存一部分钱以清偿外债，这样以后的压力就会小点。我本来不打算再出去了，可是想到家里的情况，想到身上的责任，我不得不出去，再回到非洲。面对疯丫头热忱的双眼，我觉得羞愧难当，觉得这样对不起她。我不知道怎么跟疯丫头说，只能把家里的情况和自己的处境如实跟疯丫头说了。疯丫头反复跟我确认是否真的要去非洲，能否为了她留下来，有困难我们一起面对。听疯丫头这么说，我更是无地自容，可我身上这么重的担子，怎么忍心让疯丫头跟我一起承担，我当时傻傻地认为，只有自己扛起一切，才能给疯丫头一个光明的未来，不想让疯丫头跟我一起吃苦。所以我狠下心拒绝了疯丫头的请求，向疯丫头表示我还是选择回非洲的时候，疯丫头的眼睛里没有了神采，她别过头望向别处，不再看着我的眼睛。那一瞬间，我心如刀绞，为何现实如此残忍！现在想来，自己当初是多么的愚蠢，多么的自私。知道我深深地伤害了一个爱我的姑娘，亲手将自己点燃的爱情火苗给熄灭了。

我和疯丫头在长椅上坐了一会儿，然后起身继续往前走，我们彼此都没有说话，尤其是我还沉浸在刚才羞愧难过的氛围里。我们走到了一处公园外面的大桥上，疯丫头突然停住脚步，转身问我，你能把我抱起来么？我说能。然后疯丫头说试试，我就以公主抱的姿势把疯丫头抱在怀里，疯丫头双手环扣着我的脖子，从桥这头到桥那头，大概五十米的距离。疯丫头很瘦弱，所以很轻，抱着她那一段距离，我仿佛忘却了整个世界。走到桥头，疯丫头让我放她下来，我看着怀中这个惹人怜惹人爱的姑娘，不肯放她下来，希望就这样抱着她，一直走下去。疯丫头还是挣扎着从我怀里下来，往前走两步然后回眸调皮一笑，那笑容就如同夜空里最明亮的星，忽闪忽闪绽放出最夺目的光芒。那一刻我知道，我此生将与这个姑娘纠缠不清了，我爱这个疯丫头。我跟疯丫头就这样一直往前走，一直走一直走，走过了树林，走过了花丛，仿佛就要走到天涯海角……要不是夜晚的冷风带来阵阵寒意，让疯丫头瑟瑟发抖，我们或许会走到疯丫头的家里，然后我目送她上楼。我跟疯丫头说现在这么晚了，也这么冷，不如找个地方先住一晚上吧。疯丫头点头同意了，这一带是疯丫头之前上大学经常逛的地方，所以她很熟悉，就带着我到附近的如家快捷酒店开了房间。进到房间，洗完澡躺在床上，疯丫头在我脖子上留下了一块红印。然后我们沉沉地睡到了第二天上午，疯丫头还要上班，所以我陪她坐车到她上班的地方，我随后回到住的地方，我和疯丫头再一次分开。

那次以后，我就回老家看望爷爷奶奶了，然后帮忙干点儿家务，上山种树除草。期间跟疯丫头联系不多，都是有一搭没一搭地闲聊。我想疯丫头其实是爱我的，而我也放不下她，可我们当时的关系却又变得如此微妙，我甚至痛恨自己把这一切都搞砸了。忙完家里的事情后，我又返回到成都，疯丫头知道我回来了，就邀我去泡澡，我高兴坏了，欣然前往。再次见到疯丫头，我的眼睛已经无法从她身上挪开了，我感觉自己又活过来了，她的一颦一笑、举手投足都在牵动着我的心。我没有泡过澡，显得有些不知所措，疯丫头告诉我好好享受就是了。

然后我们分开各进了男女宾澡堂。我怯生生地把自己脱光然后走进池子，静静地坐在边上，都不敢东张西望，觉得赤身裸体在公共场合有几分尴尬。过了一会儿，感觉没人看自己，也就慢慢习惯了，开始自由地在池子里走走。只是一个人泡澡的确有点儿无聊，没多长时间我就起身冲淋好出了澡堂，到楼上休息区等疯丫头。在休息室一个人也无聊，就玩手机，然后打瞌睡，不知过了多久，疯丫头从后面拍我，把我吓了一跳。疯丫头穿着简便的洗浴服装，刚泡完澡，脸上红润透亮，头发随意搭在肩膀，眼睛愈发明亮，看得我如痴如醉。疯丫头坐下来，让我先去拿些简单的水果来吃，我给疯丫头拿了圣女果和菠萝，然后边吃边聊。等饭的时间实在太长，我跟疯丫头都很无聊，就到楼下游戏室玩游戏去了。我对游戏也是不感兴趣，随便玩了一下，就去打乒乓球了，后来看疯丫头在那里玩射击和赛车，我也去陪着她玩。好不容易终于熬到了开饭时间，我们到楼上餐厅，随便取了些吃的，疯丫头喜欢吃鸡翅鸡腿什么的，看着她大快朵颐，吃得那么香，我自愧不如，就吃了点素菜，然后喝了两小碗粥。吃完饭都差不多凌晨一点了，我以为可以离开回家了。疯丫头说这边有睡觉的地方，于是就跟她来到了另一个很大的休息室，里面有躺椅，我还是第一次见到一群人这样躺着睡觉。我跟疯丫头选择了避光安静的角落，然后躺下来睡觉。我的心情是复杂的，因为我知道自己伤了疯丫头，疯丫头越是表现得平静，我越是觉得不知所措，满是内疚。

　　自从那天跟疯丫头从浴室出来分开后，我明显感觉到疯丫头的掩饰和控制，而我也无时无刻不在牵挂着她。几天以后，我到疯丫头家附近的农家乐参加同事儿子的婚礼，吃完饭我就给疯丫头打电话，告诉她我来了。然后我就在站台等她，不一会儿，一个撑着小伞的瘦瘦的身影从远处一边打电话一边晃晃悠悠地走过来，疯丫头穿着一身居家休闲装，看起来就像夏天的睡衣。我这样跟疯丫头说的时候，疯丫头白了我一眼，一再强调那不是睡衣，只是简单显小而已。好吧，疯丫头带着我去逛附近的一个公园，公园里面有湖，湖里有船，用脚蹬的那种。于是疯丫头问我坐船吗？我说好。然后我跟疯丫头蹬着船在湖里徜徉，我还是第一次跟一个女孩子单独坐船，可心里面却异常的平静，因为我觉得我们就是真的情侣，哪怕是那么短暂的一刻。可我又觉得无比心酸，我们就像最熟悉的陌生人，疯丫头就坐在我旁边，嬉笑打闹，如此美好，可我们中间却始终犹如隔着一条银河。看着疯丫头的笑容，我多想告诉她我爱她，可我拿什么爱她呢……我终究没有说出口。

六

　　两天以后，我就要走了，邀约了几个大学同学一起聚餐，因为毕业后没有好好聚在一起热闹过，这次也是借我又要返回非洲的契机一起叙叙旧。我跟疯丫头也说了，疯丫头答应下班后过来找我。为了方便疯丫头，我把同学都召集到疯丫头单位附近，其中一个住航空港，一个住犀浦，只是想到这样疯丫头下班走几步路就能到了。同学几个都陆续到了，两年多不见，大家还是没怎么变，只是其中一个已经当妈，另一个怀孕3个月了，都是夫妻恩爱，家庭幸福，让我看到也是十分开心和羡慕。我们找了一个茶楼一边喝茶一边聊天等疯丫头下班，大家嘻嘻哈哈有说有笑，仿佛回到了大学时光。听说我找到女朋友了，恋爱了，大家都很好奇是什么样的女子能够将我征服。我说待会儿疯丫头要过来，见面了就知道了。过了一会儿，疯丫头终于下班了，我下楼到疯丫头单位楼下接她，见疯丫头穿一身蓝紫色的连衣裙，头发也换了个造型，踏上一双灵巧的高跟鞋，走在人群中特别的亮眼醒目，犹如遗落凡间的精灵。我拉着疯丫头上楼，跟同学一一介绍，几个女同学就开始夸疯丫头长得真漂亮，夸我有福气。虽然表现得过分热情，但是我知道他们是真心祝福我和疯丫头的。人到齐了，我们就下楼找地方吃饭，一行七八个人，转了一圈最后决定还是吃火锅。到火锅楼要一个包间，大家落座又开始点菜闲聊，总觉得他们有聊不完的话题。疯丫头也许是不适应或者不喜欢那种氛围，整个晚上一直没怎么说话，一个人低头玩手机，我怕疯丫头觉得闷，所以一直和她搭话，给她夹菜，不过她好像还是没能很好地融入。最后疯丫头说要去上厕所就出去了，然后很久没回包间，我担心，就出去找她，结果看见她坐在包间外面的大堂的座椅上一个人玩手机……我想过去叫她，又想疯丫头可能不喜欢我同学的相处方式，觉得闷才会出来一个人玩，但我也希望疯丫头能接受我的朋友，相互留下好的印象。但我没叫疯丫头，觉得疯丫头回包间可能仍会觉得不舒服不自在吧，所以就独自回包间继续跟同学朋友喝酒聊天去了。吃完饭，送走同学朋友，我跟疯丫头径直到疯丫头单位对面的酒店开了房间，第二天我就要离开了，我想跟疯丫头极尽最后的缠绵，疯丫头也跟我一样不想分开吧。那天晚上，疯丫头紧紧搂住我的脖子叫我老公。答应我让我做你一辈子唯一的老公好吗，我问疯丫头。疯丫头用力地点头说好。我再次跟疯丫头紧紧抱在一起，真想永远不再分开。

　　第二天就是我要离开的日子，疯丫头没上班，决定陪我。于是起床从酒店出来后，疯丫头带我去锦里，因为我想要买一些特色东西带过去送给朋友。疯丫头那个路痴，带我胡乱闯，自己都分不清方向，折腾了半天才到达锦里。周末的锦里，人山人海。我独自或者跟朋友逛过很多次锦里了，觉得一点都不美，可是跟疯丫头一起，突然觉得锦里还是很有味道。我们边走边看，边走边吃，到了祈福桥，树上挂满了福袋，我跟疯丫头说我们也去写一个吧。于是我们各自在纸条上写了一句话，然后放进福袋。我想以后回来一定要带疯丫头故地重游，找到这个福袋，看看里面的字条，回忆我们的美好时光。于是我拿着福袋爬到高处，挂在了显眼的枝头，确定绑好后才跳下树。看到两旁琳琅满目的手工制品，我问疯丫头喜欢什么，我买来送给她当作礼物。疯丫头一开始拒绝，说不用浪费钱。后来实在拗不过我，才允许我给她选一个那种手工编织的毛线提包，疯丫头那颗少女公主心，果然喜欢这种可爱的东西。疯丫头拿着包对我说谢谢，我心里一阵隐痛，为何要跟陌生人一样这般客气，难道我们的缘分真的止于此了吗？从锦里出来，也快到吃晚饭的时间了，我们坐车返回疯丫头单位附近，疯丫头说要请我吃饭，算是给我饯行。那是一家中餐馆，疯丫头说味道很不错，平时都只带重要的人过来吃。至少在疯丫头心里，我也算是重要的人吧，想到这里，心里无比开心。走进餐馆，人潮涌动，几乎座无虚席，我们好不容易找到一个角落里的桌子。疯丫头让我点菜，我说不熟悉，你就点吧。疯丫头点了罐汤，北京烤鸭，还有些清淡小菜。然后我跟疯丫头面对面坐着，没有多说话，彼此都想好好享受这最后的相处时光。

中餐馆的东西确实好吃，我吃得特别舒服，特别满足，这是我回国以后吃的最好吃，最美好的一餐吧。吃过晚饭，我跟疯丫头手牵着手沿着街道散步，我们微笑着看着对方，仿佛一对认识相处很久的情侣。疯丫头说时间还早，要带我去单位对面的咖啡馆坐坐，于是我们来到咖啡馆，选择了靠窗的位置，对面是疯丫头的单位，下面的街道就是我跟疯丫头第一次见面的地方。我们要了咖啡，然后面对面静静地坐着，望着窗外的霓虹，熙攘的人群和渐渐模糊的夜空。后来我们不知在说着什么，都笑了起来。我看着疯丫头调皮的模样和纯真的笑脸，我突然很心痛，我如何舍得离开，怎会轻易忘记，那种感受，我知道自己真的爱上她。随着离别的时间越来越近，我有点不知所措。我让疯丫头坐到我的位置上来，然后躺在我怀里，轻轻抚摸疯丫头的头发和脸庞，闻着疯丫头身上好闻的香味，我恍惚了，仿佛再一次忘却了整个世界。我第一次对疯丫头说，等我可好？疯丫头问为什么要等我，我说因为我爱你，不能失去你，给我一年时间，一年以后我们好好在一起好吗？疯丫头说不好，不等。我求过你，让你留下来，可是你偏要走，为什么我要等你，你给了我什么？听着疯丫头的回答，我无言以对，内心翻江倒海，疯丫头说得没错，我什么都没有给她，这样一个干瘪的承诺，算得了什么，我有什么资格要求她等我……我不敢看疯丫头的眼睛，转头望向窗外闪烁的霓虹，愈发模糊看不清。疯丫头伸出手摸我的脸颊，轻声问我只是一年吗？一年以后你真的会回来吗？我转过头来望着疯丫头，嗯，一年，一年以后我一定回来，我要给你给自己一个交代。疯丫头说好，我相信你，我等你，你要是不回来，我也不会怪你。我紧紧攥着疯丫头的手，低头亲吻她的额头。我说，不会的，我一定会回来。疯丫头往我怀里钻了钻，点了点头。我抱着疯丫头，感觉整个世界都模糊了，再也不愿松开。

　　时针嘀嗒嘀嗒在转动，离开的时间到了。喝完咖啡疯丫头送我到机场，换登机牌办行李托运，疯丫头一直站在我身后，看我忙碌的背影。一切办完之后，登机的时间也近了，站在安检口，我最后一次拥抱疯丫头，让我牢牢记住疯丫头的温暖，记住疯丫头的香味，记住疯丫头的一片深情。我在疯丫头耳边说，等我，然后在她额头深情一吻之后，头也不回地走进了安检口。我不敢看疯丫头的眼睛，那种失望和不舍会让我痛到无法呼吸。过了安检，我忍不住回头跟她挥手，疯丫头只是呆呆地站在原地，面无表情。我转过头，泪水模糊了双眼，原来真的会那么心痛，原来自己已经那么爱她，可我是如此残忍……不知道我是怎么走到候机区的，感觉一切都不重要了，一切都没有意义了。终于体会到输了你赢了全世界又如何的无奈。我就这样离开了，留下疯丫头承受这一切。未来会怎样，我不知道，我只知道有个人从此住进了我的心里，我再也无法放下，再也不能无牵无挂了。原谅我，疯丫头，原谅我自私的爱，原谅我狠心地离开，原谅我这错误的决定。只是我真的爱你，一字一句都发自内心深处，每一个承诺都是我对你的责任。相信我，等着我，我们会好好地在一起。

可是，我最终还是食言了，疯丫头，你还好吗？